讲给孩子的

中華文學五千年

近现代·下

侯会 著

生活·讀書·新知 三联书店

图书在版编目（CIP）数据

阅读的礼物. 讲给孩子的中华文学五千年. 近现代.
下 / 侯会著. -- 北京：生活·读书·新知三联书店，
2025. 1. -- ISBN 978-7-108-07908-4

Ⅰ. I109-49

中国国家版本馆CIP数据核字第2024AR1166号

责任编辑	王海燕　王　丹	
装帧设计	赵　欣	
责任校对	常高峰	
责任印制	卢　岳	

出版发行　**生活·讀書·新知**三联书店
　　　　　（北京市东城区美术馆东街 22 号　100010）

网　　址　www.sdxjpc.com

经　　销　新华书店

印　　刷　河北鹏润印刷有限公司

版　　次　2025 年 1 月北京第 1 版
　　　　　2025 年 1 月北京第 1 次印刷

开　　本　635 毫米 × 965 毫米　1/16　印张 16.25

字　　数　160 千字　图 106 幅

印　　数　0,001－5,000 册

定　　价　468.00 元（全十册）

（印装查询：01064002715；邮购查询：01084010542）

目　录

第 **17** 天

冰心最爱小读者

附庐隐

将门才女谢婉莹

沛沛有个疑问，他说："爷爷，记得那天您介绍文学研究会，还提到冰心，就是《小橘灯》的作者吧？语文课本里就收了这一篇。"

爷爷点头说："冰心（1900—1999）本名谢婉莹，冰心是她的笔名。听过'洛阳亲友如相问，一片冰心在玉壶'这两句诗吧？她的笔名，正是取自唐人王昌龄的名句。

"冰心是福建福州人，父亲是位思想开明的海军军官。甲午海战时，他所在的军舰被日舰击沉，他是泅水上岸，光着脚走回刘公岛的。以后他当过副舰长，办过海军学校。冰心的童年，便是跟着父亲在山东烟台的大海边度过的。

"冰心虽是个女孩子，却喜

冰心

欢穿军装，有时还挎了父亲的短剑，骑上高头大马，在海边飞奔。人们见了，都忍不住要喝声彩：'好一个英武的小军人！'——她毕竟是将门之女啊！

"将门之女，偏偏喜好文学。四岁时，母亲已开始教她识字了。她还爱磨着舅舅讲故事。舅舅事情忙，不能回回满足她；她便自己捧起《三国演义》，连蒙带猜地读下去。

"到了七岁，父亲带她到军舰上玩，她已能给水兵们讲'董太师大闹凤仪亭'啦。讲故事的'报酬'，则是一大包'林译'小说。到十二三岁，她读过的小说已不下几百部！她还擅长编故事，为了哄弟弟，她每天编故事给他们听，一年当中不带重样儿的！

"十三岁那年，她随着家人迁居北京，先是在教会学校贝满女中读书，以后又考进协和女子大学——她本来的志愿，是学习医学。可是怎么又改学文学了呢？是五四运动的大潮，把她推上了文坛！"

冠盖满京华，斯人独憔悴

原来五四运动一来，冰心跟成千上万的年轻人一样，热血沸腾地参加了罢课、游行、街头宣传……有一回，当局无理逮捕了几名进步学生，还公开进行审判。冰心以学生代表的身份前去旁听。回来后，她抑制不住心头的愤怒，写了一篇《二十一日听审的感想》。

冰心有位表哥，是《晨报》的记者，见冰心的稿子写得义正词严，很有说服力，便推荐给《晨报》发表。以后他又鼓励这位小表妹多多写稿。

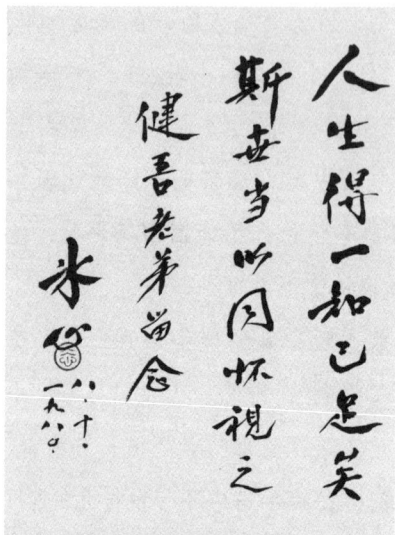

冰心墨迹

冰心初登文坛，是以写小说闻名的。像《斯人独憔悴》《秋风秋雨愁煞人》《去国》《超人》等，都引起很大反响。

就说《斯人独憔悴》吧，小说的背景是五四运动，不过作者并没正面描写轰轰烈烈的学生运动，而是选取了一个挺特别的角度：写官僚家庭对子弟参加爱国运动的阻挠。

颖铭、颖石兄弟俩都在南京读书，五四运动中，他们积极参加学生运动，还当上了请愿团的学生代表。哥哥颖铭因为上街演讲，被士兵捅了一刺刀。思想保守的校长便写信给他们的老爹化卿告"黑状"，化卿立即派人把儿子叫回来。——这无异于对学生运动釜底抽薪啊。

化卿是什么身份，小说没明言。可是看他家深宅大院，仆役成群，还有兵丁把门，显然是个大官僚。面对老爹的责备，颖石据理力争，说我们只是为青岛问题着急；出去演讲，也是要唤醒民众，鼓起民气，为政府做后援，并不是作奸犯科！——化卿却有一大篇歪理等着呢。他说，中国是"中立国"，青岛是日本从德国人手里夺下来的，理应归日本所有。又说政府的用款，哪一项不是向日本借的？这样"缓急相通的朋友"，又怎能随随便便得罪呢？

这个"卖国"老爹发脾气、摔茶碗，大闹了一通，还把兄弟俩软禁在书房里，连报纸也不许看！——兄弟俩本来还抱着希望，盼着一开学便能飞出牢笼。可是临到开学他们才知道：老爹为了阻挠他们参加爱国运动，连书也不让他们念啦！

绝望的弟兄俩只能蒙头昏睡，或是拿着本唐诗，低吟着"出门搔白首，若负平生志。冠盖满京华，斯人独憔悴"……

五四运动是新旧思想的一场搏斗，战场不但在街头，在校园，也在家庭内。冰心的这篇小说抨击了卖国官僚的丑陋，也反映了"五四"青年的苦闷心情，同时似乎在告诉人们：旧势力还很强大，青年人要取得胜利，并不容易。

冰心的小说提出了许多社会问题：旧家庭的专制、女青年的命运、官场衙门的腐败……小说虽然不能给出答案，但引起读者的关注和思考，已经很了不起了！——这类小说因此被称为"问题小说"，文学研究会的其他作家也写这类小说，冰心则是较早的一位。

"繁星"映"春水"，诗圃吐新芽

冰心又是出色的诗人，《繁星》《春水》是她的两本诗集，里面收了三百多首诗呢。

不过这些诗都很短，每首只是那么三言两语，却都隽永耐读。也是，谁说诗歌一定要感情奔放、一泻千里呢？古人的五绝七绝只有短短四句，不是照样可以表达深永的意境吗？再如印度诗人泰戈尔的诗，也都是短小而富于哲理的——不错，冰心写诗，确实受了泰戈尔的影响。

冰心在《繁星·自序》中说，她十九岁时跟弟弟们围着火炉读泰戈尔的诗，弟弟说：姐姐常说零星的思绪不容易构成诗篇，泰戈尔的诗不就是零星的思绪吗？——受着泰戈尔的启发和弟弟的鼓励，冰心把一些偶然闪现的思想花絮记在小本子上，后来就成了这本诗集。

就看看《繁星》的第一首：

> 繁星闪烁着——
> 深蓝的天空，
> 何曾听得见它们对语？
> 沉默中，
> 微光里，
> 它们深深的互相颂赞了。

在诗人眼睛里，满天的星星，也都有了生命似的。它们互相赞美，是那么和谐友爱——其实星星哪里会有人的感情？那是诗人用自己的一颗爱心，去体会自然万物呢！

颂扬母爱，也是冰心文学中一个重要的题目。诗人爱她的母亲，并常常产生出联想来。一次下大雨，院子里的荷花缸中，有支红莲眼看要被风雨打落了。忽然有片大荷叶倾斜下来，替红莲遮住了雨点。冰心感动极了，于是她写下那首歌颂母爱的小诗：

母亲啊!

天上的风雨来了,

鸟儿躲到它的巢里;

心中的风雨来了,

我只躲在你的怀里。

还有些含着哲理的诗,让人回味不已,像这两首:

平凡的池水——

临照了夕阳,

便成了金海!

——《春水》二三

墙角的花!

你孤芳自赏时,

天地便小了。

——《春水》三三

这些小诗写的不过是黄昏的一瞬、庭院的一角,然而清新有味,给人以启迪,也为新诗的花圃增添了新的品种和色彩。

一时间,许多人都来模仿这种诗体。一次周作人在演讲时说:现在诗坛上正流行着一种"冰心体"诗歌。——他说这话时,冰心就坐在台下,这时她还是个没毕业的学生!

冰心的诗歌当时又被称作"春水体"。讲到"春水体"的特点,诗人自己是这样描述的:满蕴着温柔,微带着忧愁,欲语又停留。——这最后一句，是说诗歌要含蓄，不能把意思说得太显露。这也正是中国诗歌的传统审美观点。

书寄小读者，海天皆画图

其实，在冰心的文学创作中，成就最高的还要数她的散文。读过《寄小读者》吗？那是一组优美的散文，共有二十九篇，是作者1923年到美国留学时，写给国内小朋友的。

这又是中国最早的儿童文学作品，先后印行几十次。20世纪二三十年代的小朋友，只要上过学的，几乎全都读过——冰心也因此成为公认的儿童文学作家啦。

《寄小读者》的早期版本

《寄小读者》采用的是通讯的方式。在这几十封书信里，作者描述了自己在旅途及国外的所见所感。其中写得最多的，仍旧是对大自然的爱、对母亲的爱，以及对祖国的深深眷恋。

冰心从小生长在大海边，对大海有着特殊的感情。当她远涉重洋时，她的心再次被大海陶醉了。《寄小读者》的第七篇，就是她在海船上写成的。文章这样描写大海：

我自少住在海滨，却没有看见过海平如镜。这次出了吴淞口，一天的航程，一望无际尽是粼粼的微波。凉风习习，舟如在冰上行。到过了高丽界，海水竟似湖光。蓝极绿极，凝成一片。斜阳的金光，长蛇般自天边直接到阑旁人立处。上自穹苍，下至船前的水，自浅红至于深翠，幻成几十色，一层层，一片片的漾开了来。……小朋友，恨我不能画，文字竟是世界上最无用的东西，写不出这空灵的妙景。

可是夜深人静时，她独自凭栏，遥望星空，忽然感到家乡渐远，心中不禁升起一缕惆怅……

冰心赴美留学，是由于在燕京大学成绩优异，被保送去的。一个二十出头的年轻姑娘，为了求学，告别父母兄弟，独自到万里以外的异邦，又怎能不想念祖国和亲人呢？

有时候，她坐在屋子里读中国诗词，读得入神，竟忘了身在异国。听到敲门声，一声"请进"，进来的却是金发碧眼的外国女孩儿，这才想到自己已是身在国外……

秋风起了，她又想：在北京，该是满街响着卖葡萄、卖枣的吆喝声了吧？——有时候，想家想得厉害，她便随手拾起一块石子，用小刀刻上"乡梦不曾休，惹甚闲愁"的诗句，远远抛进湖心。她相信：只要湖水不枯，湖石不烂，自己寄托在石上的一片乡心，也永远不会磨灭！

一次，冰心登上一座山峰，猛然抬头，看见了"那异国的蓝海似的天"：

……四围山色之中，这油然一碧的天空，充满了一切。漫天匝地的斜阳，酿出西边天际一两抹的绛红深紫。这颜色须臾万变，而银灰，而鱼肚白，倏然间又转成灿然的黄金。万山沉寂，因着这奇丽的天末的变幻，似乎太空有声！如波涌，如鸟鸣，如风啸，我似乎听到了那夕阳下落的声音。这时我骤然间觉得弱小的心灵被这伟大的印象，升举到高空，又倏然间被压落在海底！我觉出了造化的庄严……

作者为什么这样激动？因为她联想到祖国北方的蓝天！她说，一个人不曾离开中国的北方，不曾离开三年之久，是不会赞叹欣赏北方那蔚蓝的天空的！在那样的蓝天底下站一会儿，竟可以感动得流下泪来！

爱的教育，永不过时

作者爱大海，爱蓝天，也许因为它们都是那么宽广、博大，跟包蕴一切的母爱相似吧？母爱也是《寄小读者》中的重要话题。《通讯十》就是专写母爱的篇章。文章开头就说："我常喜欢挨在母亲的旁边，挽住她的衣袖，央求她述说我幼年的事。"——以下便是母亲的回忆了：

不过有三个月罢了，偏已是这般多病。听见端药杯的人的脚步声，已知道惊怕啼哭。许多人围在床前，乞怜的眼光，不望着别人，只向着我，似乎已经从人群里认识了你的母亲！

母亲这样说着的时候，母女俩的眼角已被泪打湿了。母亲又说：

你最怕我凝神，我至今不知是什么缘故。每逢我凝望窗外，或是稍微的呆了一呆，你就过来呼唤我，摇撼我，说："妈妈，你的眼睛怎么不动了？"我有时喜欢你来抱住我，便故意的凝神不动。

世上还有比这更生动的母女情吗？对母亲的深深的爱，早就在她幼小的心灵里扎了根。作者由衷赞美说：

小朋友！当你寻见了世界上有一个人，认识你，知道你，爱你，都千百倍的胜过你自己的时候，你怎能不感激，不流泪，不死心塌地的爱她，而且死心塌地的容她爱你？……

她的爱不但包围我，而且普遍的包围着一切爱我的人；而且因着爱我，她也爱了天下的儿女，她更爱了天下的母亲。小朋友！告诉你一句小孩子以为是极浅显，而大人们以为是极高深的话，"世界便是这样的建造起来的！"

冰心与丈夫、孩子们

冰心写这些通讯时，是20世纪20年代。后来世界上又发生了惨烈的大战，我们的祖国经历的磨难就更多，人们曾一度失去对"爱"的信心。——然而今天重读冰心的诗文，我们却发现：爱的教育永不过时，因为整个世界就建造在以母爱为基础的人类之爱上！

默庐中的苦恋

1926年，冰心在美国获得了文学硕士学位后，终于又回到了祖国。她先后在燕京、清华等大学任教。以后又出国游历，到过日本、英国、意大利、法国、德国、苏联……卢沟桥事变爆发后，日寇侵占华北，冰心毅然离开北平（北京于1928年改称"北平"），去了昆明。

昆明的风景美极了。她在《默庐试笔》中就不厌其详地描写呈贡一带风景的优美——呈贡是云南的一个县，她在那儿教书，"默庐"就是她的住所。

作者为什么要赞美呈贡？正是为了说服自己，好减轻对北平的思念吧？然而呈贡虽美，又怎能比得上作者苦恋着的北平？

北平是冰心生活了二十多年的第二故乡，她忘不了那儿的故居、那儿的人、那儿的街景……何况那里如今正遭日寇铁蹄的践踏呢！在文章的后半幅，作者再也抑制不住对北平的依恋之情，她写道：

在这里（指默庐）住得妥帖，快乐，安稳，而旧友来到，欣赏默庐之外，谈锋又往往引到北平。

人家说想北平大觉寺的杏花，香山的红叶，我说我也想；人家说想北平的笔墨笺纸，我说我也想；人家说想北平的故宫北海，我说我也想；人家说想北平的烧鸭子涮羊肉，我说我也想；人家说想北平的火神庙隆福寺，我说我也想；人家说想北平的糖葫芦，炒栗子，我说我也想。而在谈话之时，我的心灵时刻的在自警说："不，你不能想，你是不能回去的，除非有那样的一天！"

人家说想北平的故宫北海，我说我也想

这一组"人家说想""我说我也想"，有点儿平淡是不是？可是这里面注入的对古都北平的深厚感情，一点儿不比对母亲的浅！北平这"女神王后般美丽尊严的城市"已经死去了！但作者没有绝望，她盼着回北平的一天呢！

点亮希望的"小橘灯"

这一天终于盼来了，抗战胜利后，她回到了北平。但不久又因谋生的缘故，随先生去日本讲学，她也成为东京大学有史以来第一位女教授。

中华人民共和国成立以后，冰心毅然回到了祖国。她的心，仍旧跟小朋友贴得那么近。她写了《再寄小读者》，内容大都是在国内、国外参观访问时的观感。此外，她写小说，还写过《小橘灯》《尼罗河上的春天》《樱花赞》等有名的散文。——看看这篇《小橘灯》吧。

故事的背景是20世纪40年代的重庆。春节前夕，作者访友未遇，却无意间结识了一个八九岁的小姑娘。小姑娘的爹爹不在家，她独自一人在家照顾着患病吐血的妈妈，为妈妈煮粥、请大夫。当她到乡公所求助时，需要登上竹凳才能够到墙上的电话……

作者买了橘子去小姑娘家探望，小姑娘见到她有些惊讶，但很快就笑着把她请进屋。作者拿出橘子，小姑娘平静地接受了她的善意。两人聊着天，小姑娘拿起一个最大的橘子，削去上面的一段皮，用手轻轻揉捏，把橘皮中的橘瓣一瓣瓣取出来。

直到天黑告辞时，作者才知道小姑娘在干什么：

> 我站起来要走，她拉住我，一面极其敏捷地拿过穿着麻线的大针，把那小橘碗四周相对地穿起来，像一个小筐似的，用一根小竹棍挑着，又从窗台上拿了一段短短的蜡头，放在里面点起来，递给我说："天黑了，路滑，这盏小橘灯照你上山吧！"
>
> 我赞赏地接过来，谢了她。她送我到门外，我不知道说什么好，她又像安慰我似的说："不久，我爸爸一定会回来的。那时我妈妈就会好了。"她用小手在面前画一个圆圈，最后按到我的手上："我们大家也都好了！"显然地，这"大家"也包括我在内。

这一篇的主角依旧是小朋友，但这位小朋友却有着独特的气质。作者提着小橘灯走在黑暗潮湿的山路上，那朦胧的橘红的光实在照不了多远。可小姑娘的镇定、勇敢、乐观的精神鼓舞着作者，让她感到"眼前有无限光明"！

小姑娘的爹爹是个木匠，因为替左派学生送信，被国民党抓进了监狱。小姑娘所说的"我们大家也都好了"，显然有着更深的含义。

徘徊海滨的才女庐隐

爷爷伸手去拿茶杯，源源忙提茶壶，把杯子续满。爷爷接着说："冰心在现代文坛上占着好几个'第一'呢：她是最出色的女作家、最有成绩的儿童文学作家、最有才气的散文家，还是女作家中的老寿星呢——享寿九十九岁！

"郁达夫对冰心的散文有很高评价。他说：'冰心女士散文的清丽，文字的典雅，思想的纯洁，在中国好算是独一无二的作家了。'又说：'意在言外，文必己出，哀而不伤，动中法度，是女士的生平，亦是女士的文章之极致。'

"这些赞美之词，你们眼下也许还不能完全理解。多读读冰心老人的散文，你们会渐渐体会到：郁达夫说得真对！"

沛沛问爷爷："前几天您提到文研会中还有一位女作家庐隐，她又写过哪些作品？"

爷爷回答："不错，庐隐加入文研会的时间比冰心还要早呢。

"庐隐（1899—1934）原名黄淑仪，又名黄英，是福建闽侯县人，与冰心、林徽因并称'福州三大才女'。早在1921年，她便在茅盾主编的《小说月报》上发表了处女作《一个著作家》，并由此走上文坛。

"庐隐出生在一个官宦之家，她出生的那天，刚好她的奶奶去世。家里因此不喜欢她，甚至把她寄养在保姆家——这倒培养了她独立的人格。

"刚刚中学毕业，她就独自一人远赴安徽、河南去教书——那可是个女孩子刚刚可以走出家门的年代啊。

"后来她又考入北京高等女子师范'回炉'读书，并以极大的热情参加了五四运动。1921年，文学研究会在最初成立时，庐隐在与会者中排名第十三——后来这个组织发展到一百七十多人，庐隐要算名列前茅的'老前辈'了。

"庐隐边读书工作边挤时间写作，先后出版了《海滨故人》《曼丽》《灵海潮汐》等短篇小说集，此外还有中篇小说《象牙戒指》《归雁》等，并有散文集、书信集《东京小品》《火焰》《云鸥情书集》等传世。

"说说那篇《海滨故人》吧，这半是小说半是自传。文中写露沙、玲玉、云青、宗莹、莲裳五个女生十分要好，她们在海滨相聚，说着知心话，陶醉在青春岁月和少女的友谊中。

"可不久她们就遇到人生不可回避的种种问题：恋爱、婚姻、生离、死别……露沙不顾世俗的阻拦，勇敢地跟年轻人梓青相爱。其他四姊妹也各奔前程，唯有靠书信倾吐友谊、讨论人生……小说的结尾，露沙和梓青在海滨建起一所屋宇，并写信给几位闺中女友，言明自己追求幸福和事业的决心。

"夏去秋来，云青等四人再来海滨，果见一所精致的屋舍，门额上还写着'海滨故人'四字。四人绕屋徘徊，直至雾气渐生、星光闪烁，才洒泪而别。——云青临去叹息：'海滨故人！也不知何时才赋归来呵！'

"据熟悉庐隐的朋友说：生活中的庐隐是个性格豪爽、有决断的女性。她说过这样的话：'生命是我自己的，我凭我的高兴去处置她，谁管得着！'——这种态度，让许多男子也为之汗颜！

"庐隐勇敢追求幸福，有过两次婚姻。三十六岁那年，因难产而去世，真是太可惜了！——有学者把庐隐比喻成一颗灿烂的明星，说她的光辉永远照着新时代的文坛，并未如流星那样转瞬即逝！"

第 **18** 天

剧作家田汉、夏衍

附欧阳予倩、洪深、陈白尘

欧阳予倩与洪深

沛沛问爷爷："您讲过的现代作家里，老舍、郭沫若都写过剧本。除了这几位，剧作家还有哪些？"

"多啦！"爷爷说，"像欧阳予倩、洪深、田汉、夏衍、陈白尘、曹禺……也都是有名的剧作家。

"就说说欧阳予倩（1889—1962）吧，他可是戏剧界的老前辈，也是中国话剧的创始人之一。他最初在日本参与春柳社的演剧活动，还跟李叔同同台演过《黑奴吁天录》呢。回国后为推动话剧普及而奔走呼吁，他尝试着进行京剧的改革，编了不少新剧本，像《卧薪尝胆》《黛玉葬花》《人面桃花》等。

"抗战期间，欧阳予倩又编写了话剧《桃花扇》。剧中人物侯方域在明亡后变节降清，秦淮名妓李香君当面斥责他：'我为了你，死了也不闭眼！我死了，把我化成灰，倒在水里，也好洗干净这骨头里的羞耻！'——台下观众都明白：演员高声痛斥的，正是眼下背叛祖国和人民的无耻汉奸们！

"欧阳予倩在当时的戏剧界名气极大，曾有个'南欧北梅'的说法，把他跟戏剧大师梅兰芳相提并论。

"洪深（1894—1955）的资格也很老。他跟闻一多同一年进的清华。以后他留学美国，一开始学烧瓷，后来又转到哈佛专攻戏剧，从此跟戏剧结下不解之缘。

"回国后，他写了不少剧本。像《赵阎王》《五奎桥》《香稻米》《青龙潭》等，都反映了军阀混战以及农村民不聊生的社会现实。

洪深

"全面抗战打响了。洪深毅然脱掉西装，辞去大学教授的职务，组织了上海救亡话剧队，到内地农村进行抗日宣传。以后又在周恩来、郭沫若的领导下，组建了抗敌演剧队。许多人后方的戏剧人才，都是他培养出来的呢。

"他不但是出色的剧作家、影剧导演，还是戏剧理论家呢。如果要写一部中国话剧史，这位奠基人，是一定要重重写上一笔的！"

神童田寿昌，十四写剧本

田汉（1898—1968）的名字，你们应当非常熟悉。他是国歌《义勇军进行曲》的词作者。

田汉原名田寿昌，是湖南长沙人。他家并不是什么书香门第，他的父亲是个厨师，在他九岁时就去世了。是母亲辛辛苦苦日夜操劳，靠着纺纱织布，供他上学。

以后他考进长沙师范学校，校长就是著名教育家徐特立。

田汉

十八岁时，他随舅舅东渡日本求学，先学海军，又改学教育，最终还是投身到他最喜爱的戏剧创作中来。

田汉喜欢戏剧，不是一天两天的事了。从小他就爱看皮影戏，以后到省城上学，哪里有戏看，他就往哪儿钻。才十四岁，他就自己动笔写起剧本来，居然还在长沙、上海的报纸发表出来，田汉称得上戏剧界的"神童"啦。

从日本留学归来，他写了话剧《咖啡店之一夜》《获虎之夜》等。前一出讲的是咖啡店女招待白秋英被盐商阔少爷李乾卿遗弃的故事。"穷人的手和富人的手是再也握不牢的"——作者的这句话，便是这个戏的主题。

《获虎之夜》则被人们称为中国早期话剧的代表作。这是一出独幕剧，写猎户之女莲姑跟表哥黄大傻的爱情。当大傻误中猎枪生命垂危时，莲姑不顾爹爹打骂，与表哥厮守。——剧中的青年男女都是目不识丁的劳动者，他们同样有着对自由爱情的渴望。

田汉名剧《名优之死》

田汉另一部代表作是三幕话剧《名优之死》。——"优"即优伶，是过去对演员的称呼。那么戏中这位"名优"是谁呢？他是上海大京班的老生演员刘振声。

刘振声不但戏唱得好，更讲究"戏德"。在台上，他总是全身心地投入到表演中，从不为讨好观众而胡乱歪曲艺术！——他收养了无家可归的少女刘凤仙，悉心培养她，出钱请师傅给她说戏，为她置办行头（演员的戏装），还一招一式、手把手地教她。

可是凤仙刚唱出点儿名气来，便不肯用心练功。每天起得老晚，得等师傅来催，才勉强起床"吊嗓子"。可是还没唱几句，她又想着自己新旗袍该做得了，支使师妹去取。师傅苦口婆心地劝她，她只当耳旁风。

是谁勾着她的魂呢？原来是有钱有势的流氓大佬杨大爷，还有专会"捧臭脚"的黄色小报记者。杨大爷几乎每天来看她的戏，在台底下怪声怪调地喝彩，在她身上挺肯花钱。她呢，一上台就卖力讨好观众，早把师傅的教导忘在了脑后。

刘振声眼里不揉沙子，一次在后台捶着桌子骂了杨大爷。这些流氓是好惹的吗？以后小报开始对他谩骂、造谣。刘振声眼看凤仙一个劲儿走下坡路，又恨杨大爷一伙颠倒是非，气得发了病。然而迫于生计，他不得不带病上台，有时还要一天赶两场。——他这是玩命啊！

这天演完《打渔杀家》回到后台，刘振声发现凤仙又在跟杨大爷鬼混。他气得拍着桌子大骂凤仙忘恩负义、出卖师傅，又怒斥杨大爷"浑蛋""孬种"！杨大爷要动手，反被刘振声推倒在地。

就在这时，前台锣鼓声响，又在催演员上台。刘振声忍着气登了场，由于悲愤交加，他的嗓音一下子变哑，唱不成调啦。观众大喝倒彩，刘振声昏倒在舞台上。

《名优之死》海报

刘振声被抬到后台，刚缓上一口气，杨大爷又居心不良地上前挑衅。刘振声挣扎着说："我认得你！我们唱戏的饶不了你！"可他再也没了力气，一代名优，就这样倒下了！

有个演员气愤极了，狠狠打了杨大爷一个嘴巴。众人愤怒喊打，杨大爷见势不妙，灰溜溜地逃走了。——凤仙呢，大概是良心发现吧，痛哭着扑在师傅身上……

在旧社会，"戏子"是让人看不起的行当。可刘振声却有着一位艺术家的骨气，不但追求艺术一丝不苟，更重视做人的品德与良心。

不错，他没能斗过恶势力，最终倒在了舞台上。可是他跟恶势力面对面地斗了，他用他的人格力量、用他的生命唤醒了禁不住诱惑、误入歧途的弟子，他是道义上的胜利者！

起来，不愿做奴隶的人们

田汉不但是剧作家，还是戏剧活动的组织者、领导者。20世

纪20年代后期，他担任上海艺术大学校长，还创办了南国艺术学院，为中国的话剧事业培养了大量人才。——也许你们还记得，他还是创造社的成员呢，跟郭沫若是在日本时就认识了。

田汉（右）与聂耳分别是《义勇军进行曲》的词、曲作者

说到《义勇军进行曲》，那是他为电影《风云儿女》写的主题歌："起来，不愿做奴隶的人们！把我们的血肉筑成我们新的长城！……"只要是中华儿女，唱起这首雄壮高亢、振奋人心的进行曲，没有不热血沸腾的！这首歌1949年9月被确定为中华人民共和国代国歌，1982年正式确定为国歌。

另外还有一曲《毕业歌》，也是田汉作词："……我们今天是桃李芬芳，明天是社会的栋梁；我们今天是弦歌在一堂，明天要掀起民族自救的巨浪！……"这昂奋的歌声，鼓舞了多少优秀的中华儿女，走上争取民族解放的战场！

20世纪五六十年代，田汉在文艺界担任了领导工作。可他并没有因此搁笔。有三个戏是他这一时期的代表作：两出话剧《关汉卿》《文成公主》和一出京剧《谢瑶环》。

关汉卿咱们都熟悉，那是我国元代的大戏剧家。在剧中，作者不但歌颂了关汉卿的"铜豌豆"精神，还写了他跟女演员珠帘秀的爱情。——《名优之死》写的是现代戏剧界的故事，《关汉

卿》则是拿古代戏剧做题材。田汉这一辈子，跟戏剧结下了不解之缘。

《文成公主》则是一部歌颂民族团结的话剧，演绎唐太宗采纳宰相魏征的和亲建议，将宗室之女文成公主许配给吐蕃英主松赞干布的故事。这两部戏的上演十分成功，也给作者带来很大荣誉。

可是《谢瑶环》带来的却是厄运！——这戏本是根据地方戏《女巡抚》改编的，演唐代武则天派女官谢瑶环乔装成男子，巡抚江南，跟地方豪强及他们的靠山权奸来俊臣、武三思斗争的故事。

1966年"文革"一开始，《谢瑶环》便被说成是借古讽今的"大毒草"，遭到批判。其实那是"鸡蛋里挑骨头"，批戏，是为了打倒作者啊！——田汉被关进了监狱，受尽迫害，最终死在狱中。那一年，他整七十岁。

夏衍：染房学徒成作家

"文革"中受迫害的文学家还多着呢。如夏衍，也是著名的剧作家，写过很出色的剧本，新中国成立后也曾担任文化界的领导工作。"文革"中，他也被投入监狱，关了将近九年。可是这位老人到底挺过来了。

夏衍（1900—1995）本名沈乃熙，是浙江杭县人，自幼丧父，靠着亲友的接济，好不容易读完小学，再也没力量念下去，只好到染坊当了学徒。

可是天无绝人之路，由于他品学兼优，半年后，母校推荐他进杭州工业学校学习染织。毕业后又被公费保送到日本深造，学的是电机专业。可他喜欢的却是文学，课余读了大量文学、哲学书籍。

回国后，他翻译了高尔基的名著《母亲》，在年轻人中产生了很大影响。一提起翻译家沈端先，没有不知道的。——沈端先是他发表译作时用的名字。那一年他还不到三十岁。

夏衍

以后他参加了"左联"，还担任了领导职务，并开始创作电影剧本。像《狂流》《脂粉市场》《自由神》《女儿经》等，便都是他创作的。他还改编了茅盾的小说《春蚕》，上映后大获成功。

由于参加革命活动，夏衍遭到追捕。他在上海一家小公寓里躲了三个月，一部大型历史剧《赛金花》诞生了。由于沈端先的名字不能再用，他就取"夏衍"做了笔名。

以后他又创作历史剧《自由魂》，那是颂扬革命女杰秋瑾的。而随后创作的《上海屋檐下》，则成了他的话剧代表作。

抗战时期，夏衍到过香港。抗战后又去了新加坡。但无论在哪儿，他都坚持进行革命宣传。

中华人民共和国成立后，他曾任文化部副部长，对新中国电影事业做出了很大贡献。有好几部我们熟悉的电影，像《祝福》《林家铺子》《革命家庭》《烈火中永生》都是根据他改编的剧本拍摄的。

夏衍的散文作品也不少，其中有一篇报告文学《包身工》，你们一定很熟悉，那是作者1936年写的。文章真实地描画了上海纱厂打工妹的悲惨生活。她们受着资本家的残酷压迫与盘剥，在死亡线上挣扎着，那情景真让人怵目惊心。读读这篇文章，真比看一大本空洞的理论著作，给人的教育更深刻！

发生在上海屋檐下

回过头来，再看看他的话剧代表作《上海屋檐下》吧。戏中所演，是20世纪30年代上海一座弄堂小楼里的人和事。

这里楼上楼下，挤住着五家人。五家子的家庭组成、人物禀性各有不同，可有一点却是一致的：家家都有一本难念的经！

就说洋行职员黄家楣吧，他的老父亲从乡下大老远来看他，夫妻俩强作欢颜地招待老人家。父亲最喜欢这个儿子，用血汗钱供他上了大学。如今他进了洋行，算是有出息啦。

然而父亲哪里知道：儿子由于个性倔强，不肯低三下四伺候洋老板，已被解雇啦。因为怕老人家伤心，夫妻俩只好瞒着父亲，借了债招待老人家。

知子莫如父，实情还是被父亲察觉了。老人托故回了家乡，临走把自己随身带的一点儿钱，全都塞到小孙子身上……

小学教员赵振宇一家又如何？物价这么涨，他挣的那点子薪水，哪够一家四口开销呢？可赵老师乐天知命、与世无争，不像他的妻子，整天愁眉苦脸、怨天尤人的。——然而乐天知命也好，怨天尤人也罢，生活并不因此就好一点儿。

住在前楼的施小宝就更惨。她是个孤孤单单的女人，丈夫是商人，出了洋，不知哪一天才能回来。她衣食无着，被流氓逼着出卖肉体。可是在灵魂上，她却是个善良、不甘堕落的人。只是谁能帮助她呢？

最惨的还是住阁楼的卖报老头儿"李陵碑"，你听，他又在唱呢："盼娇儿，不由人，珠泪双流……"他唱的是京剧《李陵碑》的戏词儿——他的独生子在"一·二八"日寇轰炸时被炸死了。他思念儿子，精神失常，每逢喝了酒，总是这么唱着……

这屋檐下的主要人物还没说呢，那是住在堂屋的林志成一家。林志成是工厂里的小职员，人很正直，做事凭良心。自然，

《上海屋檐下》剧照

这样的人，在厂里是吃不开的。可是更让他烦恼的事还不是这些，而是他的好朋友匡复从监狱里出来了。

好朋友出狱，这是值得庆贺的事啊，哪里还会烦恼？原来，林志成跟"妻子"杨玉彩虽然感情很好，却并没有正式结婚——玉彩的丈夫本是匡复！匡复是位革命者，被抓进监狱就没了消息。后来玉彩得着个谎信，说是丈夫已经遇难，她这才跟林志成结合。

不想十年以后，匡复又回来了！这一下，三个好心人都陷入了痛苦中。

匡复不愧是意志坚强的革命者，他不愿破坏林、杨两人的平静生活，于是不辞而别，毅然离去。——他不是逃避，他是要寻找新的生活，也希望他的朋友勇敢地活下去。

这座小楼，就是一个小社会啊。各色人物——自然都是下层人物，在这里经受着熬煎。日寇的侵略、物价的高涨、城市的衰败、农村的不景气，就像给这口煎人的大锅不断添着干柴似的。

全戏从始至终，屋檐上的雨声就没停过。——这正是南方最恼人的梅雨季节，似乎又象征着政治的气候、人物的心情……

陈白尘《升官图》

"现代剧坛上还有不少有影响的作品，如陈白尘的《升官图》。"爷爷接着说，"陈白尘（1908—1994）也是进步作家，初登文坛时写过小说，如《旋涡》《一个狂浪的女子》《罪恶之花》等。同时又跟田汉、夏衍一同搞戏剧，写过剧本《汾河湾》《金田村》《岁寒图》……其中最著名的，则是三幕讽刺喜剧《升官图》，戏写于1946年。

陈白尘

"有两个强盗，为了逃避追捕，闯进一处古宅，在沙发上做了一夜的升官梦。先是梦见老百姓暴动，打伤了知县，打死了秘书。两个强盗正在翻检死伤者的腰包，警察赶来了！

"这时强盗乙正穿着知县的长袍呢，警察误以为他就是知县。强盗甲将计就计，反把地上受了伤的真知县说成是乱党。结果真知县被抬去充了壮丁，两个强盗摇身一变，倒成了知县、秘书长。

"难办的事还在后头呢：警察倒是骗过去了，还有各位局长以及知县太太，又怎么瞒得了他们呢？——不过别发愁，强盗早把官场上的事看透了：'火到猪头烂，钱到公事办'，只要有钱，还怕办不成事么？果然，一见到钱，一切都不成问题啦。

"省长大人听说县里出了乱子，亲临视察——其实也是来捞好处的。这位省长在县衙发了头痛病，不过据侍从讲，要想治病不难，只需拿金条在火上熏出烟来，一闻包好。这是明目张胆地要钱啊！

"经过一番狗毛乱飞的内部争斗，从省长到局长，大小官僚们个个心满意足。可就在这时，百姓们暴动了！他们举着棒子赶来，要审判这伙贪官污吏。两个强盗从春梦中醒来想要逃走，但到底没能跑掉……

"《升官图》上演后，在国民党统治区引起很大反响。剧场里的笑声一浪高过一浪。笑归笑，人们心里却明白：在这看似荒诞的剧情里，有着最严肃的主题——盗就是官，官就是盗，这是影射当时的政治现实呢！"

第 19 天

老舍与《骆驼祥子》

老舍从北京大杂院走来

"今天咱们谈谈老舍先生。"爷爷说话时，语调似乎格外郑重。源源和沛沛正在逗花猫呢，听到爷爷的话，立刻抬起头来——他们早就想了解这位文学大师了。

爷爷缓缓道："老舍（1899—1966）是1926年参加文学研究会的，虽然晚了点儿，他却是文研会的台柱子。在文研会里，没有哪个作家比他写得更多、影响更大。"

老舍

"我看过电影《骆驼祥子》，那是根据老舍小说改编的。"沛沛说。

"还有小说《四世同堂》、话剧《茶馆》——也都拍成了电影、电视剧。"两个孩子争先恐后地说。

爷爷笑了："说得不错。——你们谁来说说，老舍原名叫什么？"

源源说："是叫舒庆春，字舍予，'老舍'是他的笔名。至于他的身世，我只知道他出生在北京，从小家里很穷……还是听您讲吧。"

爷爷说："你说得都对。老舍是满族，属正红旗，是地地道道的'老北京'。他父亲是清末守卫皇城的护军，在老舍一岁半时，死在抵抗八国联军的巷战里。几个孩子全靠母亲替人家缝补浆洗，拉扯长大。

"老舍是从北京大杂院里走出来的，难怪在他日后的作品里，把车夫、小贩、下层艺人、手艺匠们，写得那样活灵活现、有血有肉。——那些人就是他的老街坊、老朋友啊。

"到了上学的年龄，有位跟他家有点儿交情的有钱人，资助他上了学。他先是读私塾，不久又进了新式学堂。以后他考入师范学校——那时的穷孩子都乐意上师范学校，因为不但免学费，还管吃管住。

"十九岁那年，老舍从师范毕业——成绩当然是第一流的。他找了个小学教员的差事，教国文课，后来还当了校长。他本打算就这么认认真真地教书，恭恭敬敬地侍奉母亲，平平淡淡地过上一辈子。可是五四运动的兴起，让他如梦初醒。他觉得自己还应不断充实，提高！

"他先到天津，在南开中学部任国文教员。以后回到北京，一面在第一中学教书，一面在燕京大学旁听英文。二十五岁那年，他去了英国。——这位以写北京市民生活著称的作家，写作生涯却是在英国开始的！"

寂寞伦敦写小说

不少人出国是去当学生，老舍出国却是去做教员。他任教的地方，是伦敦大学东方学院；他当了那儿的汉语讲师，专教外国学生学习中文。他编写汉语教材，并且亲自用标准的京腔朗读、灌录成唱片——那可是近百年前的"汉语九百句"啊！

此外，他还跟外国同事合作翻译过中国的古典小说呢。放了假，别人都去旅游，可他薪水低，还要养家，没钱旅游，只好独自在宿舍留守。——而学院的图书馆则成了他的大书房，那里有大量外国文学名著，把他迷住啦！

大概是为了打发寂寞、排遣乡愁吧，他开始在安静的图书馆里写起小说来。他的头三部长篇小说：《老张的哲学》《赵子曰》和《二马》，就都是在伦敦完成的。三部书稿寄回国内，在文学研究会的刊物《小说月报》上连载，受到读者的欢迎。他也成了文学研究会在海外的会员。

老舍在伦敦教书时留下的照片，虽然模糊，却很宝贵

老舍在英国待了五年，以后经法国、德国、意大利一路旅行，回到祖国。那是1930年的事。此后，他先后在齐鲁大学和青岛大学任教。他结了婚，夫

人胡絜青女士是位画家。

学校里有课的日子，老舍很忙。到了假期，他才有工夫拿起他的笔。《猫城记》《离婚》《牛天赐传》等长篇，以及《月牙儿》《我这一辈子》等中篇，还有许多短篇，就这样忙里偷闲地写了出来。

只是老舍身体不好，一年到头总是这样紧张，又怎么受得了？到了1936年，他便辞了职，住在青岛，一心一意地写起小说来。——他的长篇名著《骆驼祥子》就是这时写成的。

骆驼祥子的"远大理想"

《骆驼祥子》写的是位洋车夫的人生遭遇。原来，一次老舍听朋友聊天，提到一个洋车夫总想能拉上自己的车子，可苦挣了一辈子，始终未能如愿。另一个洋车夫呢，被军队抓了丁，结果因祸得福，偷了三匹骆驼牵回来。

老舍被这两个小人物的命运打动了，决心写一部小说，专门讲讲车夫的故事。——车夫也是人啊，他也有喜怒哀乐，也有人生理想和奋斗目标，也要组成

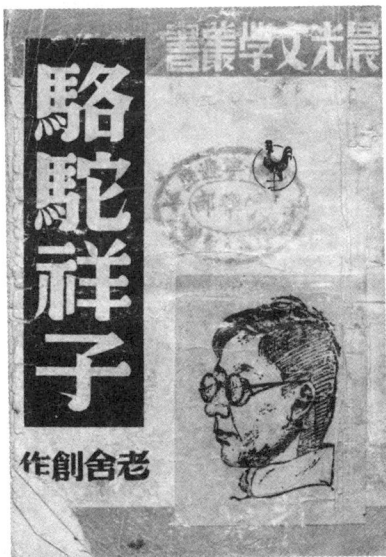

《骆驼祥子》的早期版本

家庭、跟各种人打交道……这么一想，"骆驼祥子"的生动形象，就在老舍心中站起来啦。

祥子是个二十来岁的乡下小伙子，身体结实硬棒，胸脯跟铁扇子面似的。自从拉车头一天起，他就盼着将来能有一辆属于自己的车。——他现在拉的车，是从车行赁来的。

省吃俭用的，好不容易熬了三年，攒足一百块洋钱，买回一辆闪闪发光的新车。他不知道自己生日是哪天，就把买车这天当成自己生日啦！

可是"天有不测风云"。一次赶上军阀打仗，他拉主顾出城，竟连人带车让大兵拉了去！幸亏他对地形熟，趁当兵的逃跑时，偷偷拉了三匹骆驼，连夜跑了回来。——从此，他的名字就跟骆驼连在一起，人们提到他，张口就是"骆驼祥子"。

祥子不死心，他还年轻呢，有的是力气。这一回，他找了个稳稳当当的差事，给一位曹先生拉"包月"。好不容易，他差不多又攒够买车的钱。——可是曹先生因追求进步，让特务盯上了。结果，曹先生躲过了特务的追捕，祥子却遭了殃，他攒的钱，全让特务搜了去！

在替曹先生拉包月之前，祥子一直租"人和"车厂的车。车厂的老板是刘四爷，有个闺女叫虎妞，长得虎头虎脑的，帮刘四爷操持车厂是把好手，可没人敢娶她。都三十七八了，还没出嫁呢！

虎妞看上了祥子，祥子却不爱她。——虎妞自有手腕儿。有天晚上，她请祥子喝酒，把祥子灌醉，连哄带骗跟祥子做了"夫妻"，却还瞒着脾气暴躁的刘四爷。

祥子到曹宅拉车，一多半是想躲避虎妞的纠缠。可是躲得过初一，躲不过十五。如今他走投无路，又回到车厂，不理虎妞成吗？——虎妞呢，她正酝酿着向老头子公开自己跟祥子的关系，好正式跟祥子成亲呢！

祥子堕落的背后

刘四爷是什么人？他虽然是上七十的人了，可年轻时那"天老大、我老二"的流氓劲儿，却丝毫没改！他怎么能承认一个"臭拉车的"是自己的女婿，把自己置下的产业让他白白继承呢？他一跺脚，把闺女赶出了门，全不顾父女之情——他只有这么一个闺女啊！

好在虎妞手里还有俩钱，她跟祥子在大杂院租了间房子成了家。可祥子闲不住，他就爱拉车。虎妞拗不过他，只好给他打了一辆车，祥子又有自己的车了，尽管是用女人的钱置办的。

只是祥子经历了那么多打击和挫折，精神和身体都已大不如前了。一次他在烈日暴雨中拉了一个主顾，回家就病倒了。接着虎妞死于难产，祥子卖了车，给虎妞办了后事，他再一次失去了自己的车！

祥子的心还没死。他心里喜欢一个人，叫小福子，是邻居家的姑娘，被她那酒鬼爹爹卖给个军官，又被军官遗弃了。她也喜欢祥子，愿意跟他相依为命。

可是等祥子拿定主意去找她时，她已被卖到了"白房子"——当时最下等的妓院，因受不了折磨，上了吊啦！

祥子彻底垮啦，他这辈子算是没有指望了。他觉得自己就像是白薯挑子旁的那条狗，随便捡点儿白薯皮或须子什么的，就这么混吃等死啦！

他开始喝酒、耍滑、说谎、占便宜、赌博、嫖娼，甚至借钱不还、四处赖账……最终，车也拉不动了，他沦落到在"杠房"（相当于殡仪馆）或"喜轿铺"（相当于婚庆公司）给人家举旗子、打挽联的地步，一面在队伍里懒散地走着，一面低着头找人家扔掉的烟头……在小说结尾处，作者总结说：

> 体面的，要强的，好梦想的，利己的，个人的，健壮的，伟大的，祥子，不知陪着人家送了多少回殡；不知道何时何地会埋起他自己来，埋起这堕落的，自私的，不幸的，社会病胎里的产儿，个人主义的末路鬼！

翻翻几千年的文学史，看看有给车夫立传的没有？没有，老舍是头一位！老舍同情祥子，他是含着泪来写这个小人物的。他想让读者看看，社会是怎样毁了一个人。

老舍称祥子为"利己的，个人的""自私的""个人主义的末路鬼"……他是在怪罪祥子吗？——当然不是。他是想让读者在合上书之前想想：是谁使祥子"堕落"？是谁消磨了一个年轻人身上一切美好向上的品德，只激发了人性中负面的东西？

他还想告诉大伙：只要社会不改变，百姓单凭个人的力量，要想活出个人样来，那只能是梦想！

京腔"洋味"著新篇

在创作《骆驼祥子》之前，老舍花了好长时间搜集有关车夫的材料。为了了解骆驼的习性，他甚至有心上张家口走一趟，因为那是盛产骆驼的地方。及至落笔，他也决不马虎随意，总是反复思索推敲，直到笔尖上能滴出血来！

《骆驼祥子》的语言，是最纯粹的北京话。看看祥子头一次买车的这段叙述：

> ……祥子的脸通红，手哆嗦着，拍出九十六块钱来："我要这辆车！"铺主打算挤到个整数，说了不知多少话，把他的车拉出去又扯进来，支开棚子，又放下，按按喇叭，每一个动作都伴着一大串最好的形容词；最后还在钢轮条上踢了两脚，"听听声儿吧，铃铛似的！拉去吧，你就是把车拉碎了，要是钢条软了一根，你拿回来，把它摔在我脸上！一百块，少一分咱们吹！"祥子把钱又数了一遍："我要这辆车，九十六！"铺主知道是遇见了一个心眼的人，看看钱，看看祥子，叹了口气："交个朋友，车算你的了；保六个月：除非你把大箱碰碎，我都白给你修理；保单，拿着！"

听听，这可是最纯正的北京话！只这么一小段，把铺主内里精明、表面慷慨的生意人做派，描绘得淋漓尽致！祥子的话不多，

《骆驼祥子》被译成各种文字

只有两句，却也恰到好处地画出祥子的性格：质朴，不善言辞，"一个心眼"！

《骆驼祥子》写的是下层劳动者，语言也是最有地方色彩的，按说应当是"土得掉渣"了吧？可是没有。老舍读过大量欧美文学作品，他的小说，又受着西洋文学的影响。这部书里有着大段的心理描写，就显示着这一点。

抗战中的老舍

全面抗战一爆发，老舍再也坐不住了！这位平时对政治不大关心的作家，在民族危亡的紧急关头，却表现出坚定的爱国信念。——这可是一个读书人最重要的名节问题啊！

济南沦陷前夕，他抛妻别子，只身去了武汉。——他不能留在沦陷区等着当亡国奴，更不能当汉奸。

在武汉，他积极参与中华全国文艺界抗敌协会的筹备工作。各党各派的几百位文艺家们，在这庄严时刻，集中在抗日的大旗下，表现出空前的团结！

大家一致推选老舍做协会的理事兼总务主任——其实就是协

会的总负责人。大家推举他，一是因为他的文学成就让人心服，二来也因他为人正直，待人真诚，肯替大伙出力！由于老舍的全力支撑，协会的活动一直坚持到抗战胜利。

写小说，老舍是行家。有两部小说，他已经开了头，却毫不吝惜地放弃了。因为他发现：抗战需要更通俗、更趁手的宣传武器——他开始写戏剧、写诗歌，甚至为民间艺人写鼓词、相声、数来宝……这些文艺形式能到街头和军营里演唱，直接鼓舞士气民心，小说可就差多啦。

怀抱向人秋月朗

词华撷秀远山青 老舍

老舍墨迹

老舍的通俗文艺作品，都收在《三四一》里。那个集子包括了三篇鼓词、四个戏曲剧本和一篇旧式小说。

他还写了长诗《剑北篇》以及好几个话剧：《残雾》《国家至上》《面子问题》等——这些作品，都是作者吃着混着沙子的糙米饭，在随时准备钻防空洞的险恶环境中写出来的。作品的内容紧扣抗日主题，没人给他开稿费——他所凭借的，是一颗炽热如火的爱国心啊！

《四世同堂》：祁家老少面临抉择

抗战将近胜利时，老舍开始创作他的长篇巨著《四世同堂》。

《四世同堂》当代版本之一

小说分为三部：《惶惑》《偷生》和《饥荒》，总起来将近一百万字！书中写的是日据时期北平民众的生活，中心人物则是祁家祖孙四代。

祁家住在北平的小羊圈胡同——那正是老舍的出生地。这家子虽不是殷实富户，却也算得上小康人家。祁老爷子七十多岁了，是位很威严的老人。他年轻时受过苦，凭着自己的力气，置办了这所房产。如今他正为日本人要进城而犯愁呢，不为别的，只怕不能庆贺自己的七十五岁寿辰。

祁老爷子的儿子祁天佑是个老实巴交的商人，五十岁了，整天在铺子里忙碌，不常在家。他媳妇病病歪歪，不大管家，是大孙子瑞宣和孙媳妇韵梅支撑着这个家。

韵梅持家是把好手，她是第三代人的"大嫂"，大家还管她叫"小顺儿的妈"，因为她为祁家添了第四代人——小顺儿，使这个大家庭成了人人羡慕的四世同堂。

瑞宣是位教员，人品端正，待人谦和，学问又好。日本人进了北平，这可让他犯了难：按理说，国难当头，这正是一个爱国公民为国尽忠的时候。可这一大家子人又怎么办？他不能扔下他们不管啊！

没办法，他只好忍辱负重，留在了北平。不过他绝不替日本人干事！他本来在一所教会补习学校里兼课，如今时局不定，这份工作就更显得宝贵了。然而当他感觉出外国神父对中国的蔑视态度，他想都没想就辞了职。——他是个有骨气的中国人！

瑞宣自己走不了，他却积极支持老三瑞全走！瑞全是个大学生，眼看就要毕业了。可是为了救国，文凭又算得了什么？忠孝不能两全，临走前，他都没来得及给爷爷磕个头！

唯有老二瑞丰不像祁家人：他自私、滑头，尤其是娶了个头发烫得跟乱鸡窝似的媳妇胖菊子，就更不走正道儿了。——他跟汉奸蓝东阳、冠晓荷混在一块儿，还带领学生到天安门游行、"庆祝"保定陷落呢，亏他也是"吃教育饭的"！

疾风劲草，烈火真金

这一家人是这么着，胡同里还有十几家人，他们又是什么态度呢？——那位有点儿古怪又很清高的钱诗人，被日本人抓进了监狱。因为他那当司机的儿子摔死了一卡车的日本鬼子，他自己也救护过抗日军人。以后他大难不死，出狱后依然从事抗日宣传，这位老人是好样的。

拉洋车的小崔也是祁家的街坊，别看他"大字不识"，心里可有一把尺子，最痛恨日本人和汉奸。日本特使在怀仁堂被刺后，他被当作刺客抓去，惨死在敌人的屠刀下！

剃头匠孙七也是个正直的人。因吃了日本人配给的"混合面"，得了腹泻病，被日本人"消了毒"——活埋啦！跟他一同

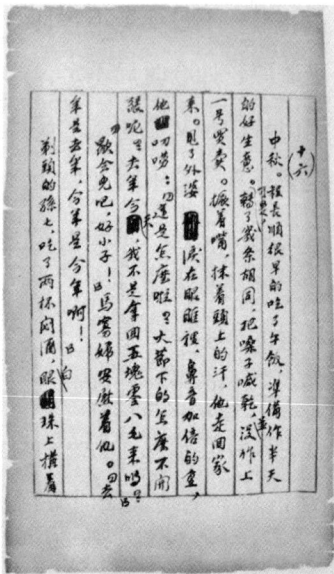

《四世同堂》手稿

被活埋的，还有冠晓荷。

冠晓荷又是什么人？他是胡同里最有钱最体面的人：游手好闲，讲吃讲穿，对待小崔、孙七他们，他总摆他那副上等人的臭架子。其实，他没有一丝一毫中国人的心肝：只要能吃得更好、穿得更漂亮，让他出卖中国人，他连眼也不眨一眨——钱诗人就是他出卖的！此外，他还是个事事听老婆的软骨头、窝囊废。

冠晓荷的老婆外号"大赤包"，是个女大亨式的人物。快五十的人了，还总搽胭脂抹粉、穿红挂紫的——她的外号，就是这么来的。

日本人一来，她就催着冠晓荷去巴结日本人，企图谋个一官半职的。后来她见冠晓荷窝囊没用，就亲自出马，拉拢汉奸李空山，当上了妓女检查所所长。——这家子，纯粹是中国人里的渣滓、败类！

到后来，这两口子都没得到好下场：由于狗咬狗，他家让日本人抄了。"大赤包"在日本人的监狱里发了疯，就死在里面。冠晓荷呢，像条无家可归的野狗，最终也被日本人"消了毒"！

开战的四年中，祁老爷子倒还硬朗，祁天佑倒先去世了！——这个老实巴交的商人，受了日本人的当众侮辱，他跳了河！

老二瑞丰也死了，他是死于狗咬狗的内讧。他处处抱汉奸蓝东阳和冠晓荷的粗腿，自己还当上了伪教育局科长。——可好景不长，他不但丢了乌纱帽，连媳妇胖菊子也让蓝东阳抢跑了。蓝东阳又借刀杀人，瑞丰最终死在了日本人手里。

瑞宣呢，因为不肯跟日本人合作，一度被抓进

《四世同堂》插图：终于等来胜利的一天！
（丁聪绘）

监狱。但他并没被吓倒，出狱后宁肯挨饿，也决不干伪事，连教员也不当了！——他觉着，自己不能积极地参加抗日，最不济也得保住自己的清白啊。

可是在小说最后，回北平搞地下工作的老三瑞全给他指出一条路来：他如果能到学校教书，既引导学生们，也做些宣传工作，那也是为抗日出力啊！

心中装着北京城

小说结束时，抗日战争还没打完，但太平洋战争已经爆发。读者不难看出：日本人是秋后的蚂蚱——蹦跶不了几天啦！人们至此尽可以合上书本，但心里决不会平静——书中那么多有血有

肉的人物，似乎仍在我们周围活动着，不肯回到书里去呢！

最让人感动的，是书中洋溢的爱国精神。这是一部活的历史，记录了一个不屈民族在特殊历史关头的精神面貌。读者随着作者一支满含感情的笔，同那么多老百姓一同体验过沦陷区的奴隶生活，又有谁不更加热爱我们的祖国和民族，不愿为她的繁荣强大多献一份力呢？

《四世同堂》中共有一百三十多个人物，社会上的士农工商、三教九流，全都在书中活动着。人物一张嘴，你就能听出来：这都是最典型的老北京。

其实抗战期间，老舍并不在北平。沦陷后的北平情景，都是他由夫人那儿听来的。然而他竟能把发生在这座古城里的故事写得如此生动、逼真——因为这座城市已经装在他心里啦！

人们常常提到"京味小说"，追根溯源，老舍正是这一流派的开创者，也是这一派中顶尖儿的大师！

老舍

1946年，老舍应邀到美国去讲学，《四世同堂》就是在那儿最后完成的。中华人民共和国成立后，老舍就毫不犹豫地回到了祖国——他离开北京已经十四年啦，这一次他定居北京，到死也没离开。

抗战前，老舍的创作以小说为主。抗战时，他又开始学着写剧本、搞通俗文艺。中华人民共和国成立后，老舍的创作成就主要在戏剧方面。因为他觉着，戏剧能更快地反映生活。他先后创作了《龙须沟》《方珍珠》《春华秋实》《西望长安》《女店员》《全家福》等剧本，而最著名的，还是那部《茶馆》。

一出《茶馆》，历史画卷

《茶馆》是一出三幕话剧，布景只有一堂，就是老裕泰茶馆。那是最典型的北京茶馆，三教九流的人都到茶馆里来坐坐——小小的茶馆，便成了社会的缩影。

幕第一次拉开时，正当清末戊戌变法失败的当口。看看茶馆里的情景吧：胳膊根儿粗的，在这儿撒野；人贩子公开在这儿谈"生意"；有钱有势的庞太监，来这儿买女人；企业家秦二爷发着"实业救国"的宏论；脾气耿直的旗人常四爷，只因说了句"大清国要完"，便被"拿人的"从茶馆里带走！——而年轻、世故、说话圆滑的茶馆掌柜王利发，在各种人之间穿插周旋，他的生意还算过得去。

第二幕则已是十几年

《茶馆》剧照

之后，由于军阀混战，王掌柜的生意越来越不好做。好在王掌柜脑瓜儿灵，能赶浪头。老裕泰经过"改良"，已经大变样：茶座换成小桌、藤椅，桌上一律铺着浅绿桌布，墙上是外国香烟广告画。没变的，只有柱子上贴的"莫谈国事"的条子。

由于局势吃紧，眼看又要关城门了。可王掌柜还没来得及给公寓里的客人准备菜蔬呢。茶馆没开张，派军粮的，勒索保护费的，已经来了好几拨。一切都不景气，可头一幕出现过的算卦的唐铁嘴，如今却"抖"起来了。——年头不好，人心惶惶，谁不想算一卦，测测自己的前途命运！

从前提笼架鸟的常四爷，如今成了自食其力的劳动者。而过去抓过他的两个清廷特务，摇身一变，又在军阀手下干上这一行。人贩子刘麻子依然干着伤天害理的勾当，可这一回他没讨着便宜——他被当成逃兵，在当街砍了头！

第三幕拉开时，已是抗战胜利之后，王利发满头白发，也已六七十岁。可他脑筋不老，还惦着雇女招待，挽救他那一天不如一天的茶馆呢。

出入茶馆的人，也都换了代。特务的儿子，如今子承父业，也当了特务。唐铁嘴的儿子，也依然靠算卦骗人，成了小唐铁嘴。小刘麻子倒是比他爸爸"出息"了，他跟国民党的什么处长勾结在一块，正打主意吞并老裕泰呢。

常四爷、秦二爷跟王利发又在茶馆见面了。常四爷如今靠卖花生米度日，秦二爷呢，他的实业救国的理想，早已成了一场春梦。三位孤苦伶仃的老人，只好撒些纸钱，自己祭奠自己！——这是一幅多么惨痛的图画啊！

老舍不死

"一部《茶馆》，就是一部中国近现代社会史。"爷爷评价说，"照理说，写剧本，是要突出戏剧冲突的。可老舍却首创了风俗画式的戏剧新形式。三幕就是三幅风俗画，代表了三个不同的历史时代。观众坐在剧场里，看得津津有味。他们被剧中人物那各具性格、精辟幽默的语言深深吸引着。单是剧中那厚重的历史感，也足够让人回味无穷、'三月不知肉味'呢！"

沛沛说："老舍还有一出话剧叫《龙须沟》，还拍成了电影。——龙须沟是北京南城的一条臭水沟，过去住在沟沿儿的全是穷百姓。中华人民共和国成立后，人民政府放着东单、西四、鼓楼前那些热闹地方不修，先来修这条臭水沟。沟填平了，人们的精神面貌也都起了变化。剧中有个在天桥卖艺的艺人叫'程疯

老舍故居

子'，之前被黑社会狗腿子逼疯了，成了废人。中华人民共和国成立后，心情一舒畅，病也好了。——扮演程疯子的是人民艺术剧院的著名演员于是之，演得真地道！"

源源问爷爷："听说老舍先生死于'十年动乱'中，是吗？"

爷爷的脸色严肃起来："那是个是非颠倒的年代，像老舍这样的爱国者、文学大师，也遭到无情打击！这位六十七岁的老人义不受辱，在'动乱'开始时，投了太平湖！

"可是人民没有忘记他。粉碎'四人帮'以后，他的作品重新出版，受到人们的热烈欢迎。他所开创的'京味小说'流派，也枝繁叶茂，人丁兴旺。——可以这么说吧：只要北京人依旧吃着甜水，只要北京人京腔不改，老舍就永远活在人们心上！"

恨水伤「啼笑」，
天翼叹「老包」

附林语堂

与"幽默"结缘的林语堂

沛沛问爷爷："那天我在书店看见一本小说《京华烟云》，作者是林语堂，我记得鲁迅在文章中还提过他呢。"

爷爷说："林语堂跟鲁迅是朋友，两人一同办《语丝》杂志，还一同教过书。不过林语堂不光是小说家，还是散文家和文化学者。

"林语堂（1895—1976）是福建人，出身于一个牧师家庭。他从小在教会学校读书，后来又到美国哈佛大学深造，读的是文学。以后又到德国莱比锡大学读语言学，获博士学位。回国后，他到北京大学教书，还在北京女子师范大学当过英文系主任呢。

"林语堂的英文非常棒，譬如他那部有名的长

林语堂

篇小说《京华烟云》，就是用英语写成，又翻译成中文的。书中讲述北平曾、姚、牛三个大家族，他们共同经历了从义和团到全面抗战的三十多年岁月，其中穿插了许多历史事件：袁世凯称帝、张勋复辟、直奉大战、五四运动、'三一八'惨案……

"林语堂写小说，带有向西方介绍中华文化的目的。他想让西方读者通过小说更准确地了解东方文明。为此目的，他写了不少英文专著，像《吾国与吾民》《生活的艺术》《孔子的智慧》《老子的智慧》《苏东坡传》等。他的梦想，就是在东西方之间搭起一座文化的桥梁。

"20世纪二三十年代，林语堂参与并创办过好几种杂志，除了《语丝》，还有《论语》《人间世》《宇宙风》等。'三一八'惨案发生后，林语堂写了《悼刘和珍杨德群女士》，跟鲁迅的《记念刘和珍君》相呼应。

"只是林语堂的文章少有投枪匕首式的尖锐，多以诙谐讽刺见长。后来他又提倡性灵闲适的文风，并因此跟鲁迅发生争论——这里面大概还有性格偏好及文学主张不同的因素吧。

"对了，你们一定了解'幽默'这个词儿，那本是英文humor的中文翻译，意指带善意的、令人发笑的讽刺或影射。——这个词，正是林语堂翻译并首先使用的。他也成为人们公认的'幽默大师'啦。"

源源问："有一部《春明外史》，写的也是北平的事，又是谁作的呢？"

爷爷说："《春明外史》的作者是张恨水——他跟林语堂同一年出生，不过两人的文风不同。张恨水最擅长用传统的章回形式写小说，题材也多半是市民读者喜闻乐见的言情故事。有人把他的某些作品归入'鸳鸯蝴蝶'派，倒也有几分道理。

"今天就来谈谈张恨水。时间富裕，再讲讲张天翼，那也是位小说家。"

张恨水：小说连载创奇迹

张恨水（1895—1967）原名张心远，祖籍安徽潜山，出生在江西广信，父亲是清末的小官吏。张恨水从小就对传统小说戏曲着迷，念私塾时遍读《三国》《水浒》，还从《红楼梦》《西厢记》里摸索出作文的"诀窍"。

十七岁时，父亲死了，他不得不辍学回家。为了逃婚，他离家出走，靠卖文为生。以后他当上一家报纸的主笔，他的那支笔

张恨水在写作

就更闲不下来了。

不过他的早期作品大多是一些风花雪月、男欢女爱的题材，影响不大。直到20世纪二三十年代发表了《春明外史》和《金粉世家》两部长篇，他的小说艺术才成熟起来。

《春明外史》是他的第一部长篇，有九十多万字呢。小说的框架是个爱情故事，男主人公杨杏园是个记者，文采出众，富于正义感。他一面跟妓女梨云要好，一面又与闺中才女李冬青诗笺往来。可是到头来，两个女子死的死，走的走，只剩下杨杏园，在凄凉的心境中咳血而亡。

这本是才子佳人的俗套，然而作者却能以此为线索，铺开广阔的社会画面。全书五百多人物，上至总统、总理，下到戏子、妓女，三教九流，五行八作，无所不包。所写内容是20世纪20年代北京城的现实，其中自然也包含着对北洋政府的讥刺、对百姓疾苦的同情。

至于小说的命名，"春明"原为唐代长安的一座城门，这里即成为北京的代称。照作者自己的话说，他这是用作《红楼梦》的办法来写《儒林外史》呢。

小说是在一家晚报连载，每天登一段，前后竟登了五年！读者看得上瘾，不少人一到下午就去报馆门口排队等候，风雨无阻，只求先睹为快。——这也创了小说连载的奇迹。

另一部长篇《金粉世家》部头更大，足足有一百万字，最初也是在报纸上连载的。书中写的是一个大家族的兴衰，有点儿像《红楼梦》，当时就有人把它称作"民国红楼梦"。

这个家族姓金，主人即做了内阁总理的金铨。比起《红楼梦》中的贾家，金家的权势要显赫得多。不过跟《红楼梦》相同，金家子弟不务正业、花天酒地，没一个有出息的。等金铨一死，便也树倒猢狲散！

"君子之泽，五世而斩"。前辈创下的业绩再丰厚，也禁不住后人坐吃山空——这就是作者在书中要表达的一点儿哲理吧！

柔情侠骨，《啼笑因缘》

接下来就要说到轰动一时的《啼笑因缘》了。那其实也是言情小说，只是在言情中，又加入了武侠的内容。

书中男主人公樊家树是位平民化的大少爷。他到北京来读书，住在表兄家里。跟别的阔少爷不同，他没有满脑子的等级观念，最喜欢跟平民交朋友。去了一趟天桥，他就结识了耍把式的民间好汉关寿峰。

寿峰得了重病，家树把他送进医院，救了他一命。为此，关寿峰的女儿秀姑对他产生了好感。——可家树心中喜欢的却是天桥唱大鼓书的贫家姑娘沈凤喜，那女孩儿不单长得美，更有一股聪明、灵秀气儿，家树被她深深吸引啦。

《啼笑因缘》影视版中的凤喜姑娘

家树决心帮凤喜摆脱卖艺生活，培养她读书受教育。还为她置衣买房，供着她全家。很快，凤喜由风尘中的卖艺女，变成了清俊文明的女学生。——不过凤喜始终难以摆脱贪财的妈妈和势利的叔叔，受他们的影响，常向家树要这要那的。家树则是有求必应。

家树回家探母，这边却节外生枝：凤喜的叔叔沈三弦贪图财势，连哄带骗地引诱侄女认识了军阀刘将军。凤喜头一回去见刘将军，就在牌桌上赢了大把钞票。以后刘将军又是请吃饭，又是送首饰。凤喜不忍背叛家树，刘将军就拿出军阀的蛮横劲儿来，逼凤喜到家里给他唱堂会，硬把她囚禁在家里。

家树临走时，曾拜托关寿峰照看凤喜母女。听说凤喜被拘禁，关寿峰便带了几个徒弟，准备拼着性命去救人。谁想老英雄在刘公馆窗前看到的，却是凤喜被金钱收买的一幕，营救行动也只好中途作罢。

家树不信凤喜真的背叛了他。几经周折，他把凤喜从公馆约了出来。谁料凤喜竟是那么冷淡，说：我已是刘将军的人了，你就别再惦记我啦！——为了"报恩"，她还当场给家树开了一张四千元的支票，照她的算法，家树在她身上花了两千元，她这是加倍报答呢！

家树万万想不到结局竟是这样，他哈哈狂笑着，把支票撕得粉碎，向空中抛去，就像飞起无数白蝴蝶！他的心冷透啦！

然而凤喜的黄金梦不久就破灭了。刘将军知道她私会家树的事，一顿皮鞭打得她伤痕累累！还逼着她唱曲，凤喜只有强作欢颜，忍痛高歌，唱着唱着竟晕了过去。——《啼笑因缘》

《啼笑因缘》的早期版本

是章回体，回目写得很漂亮，这一回的回目便是"裂券飞蚨绝交还大笑，挥鞭当药忍痛且长歌"（券：支票。蚨：蝴蝶）。

接下来，凤喜在昏睡中听见公馆女仆讲述刘将军枪杀前妻的事，高喊"救命"滚下床来。——她疯啦！

还是秀姑为家树和凤喜报了仇。她假装答应嫁给刘将军，把他诓到西山佛寺里，除掉了这个残害妇女的大恶棍！家树呢，有位何丽娜小姐一直在追求他呢。尽管何丽娜长得跟凤喜一模一样，可家树真正爱的，还是那个唱大鼓的平民姑娘……

下笔千言，文坛一绝

《啼笑因缘》一问世，风靡了大江南北。书印了一版又一版，还被改编成各种戏剧。有两家电影公司甚至为了争夺拍摄权打起了官司！这种盛况，连作者自己也感到意外。他曾感慨说："上至党国名流，下至风尘少女，一见着面，便问《啼笑因缘》，这不能不使我受宠若惊了。"

其实这也是情理之中的事：富家子弟喜欢上贫家女，这必然会吸引大多数读者，无论是穷人还是富人。樊家树虽然同三个女子周旋，可他的爱情却又是专一的，这又符合了老百姓的道德观念。再加上言情之中掺入武侠，使缠绵的情调中多了几分刚劲；而"除暴安良"又是市民读者所钟爱的话题，人们自然要爱不释手啦！

张恨水的作品还有不少，如20世纪30年代还写了《夜深沉》《落霞孤鹜》《满江红》，抗战期间写过《热血之花》《石头城外》《大江东去》《巷战之夜》《蜀道难》等。——单看书名就能知道作者的爱国热情有多高！

抗战胜利前后，他又写了不少揭露社会黑暗的小说，像《八十一梦》——那是用荒诞的手法揭露大后方的官场腐败。由于小说刺痛了当权者，只写到第九个梦，就被迫搁笔。类似题材的作品还有《魍魉世界》《五子登科》等。

张恨水写书的方式也与众不同。有时候，他同时要写六七部小说，在不同的报纸上连载。因此他每天都要写六七段小说片段，虽然人物不同、情节各异，但全都头绪清楚，从不相

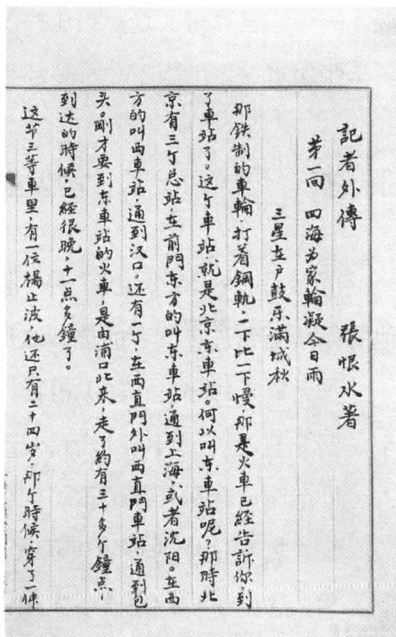

张恨水手稿

混。——这也算得文坛一绝了！

张恨水一生出版了一百多部小说，是名副其实的高产作家。

张天翼：包氏两父子，溺爱酿悲剧

再看看另一位小说家——张天翼。在20世纪三四十年代，他的作品受到进步读者的热烈欢迎。

张天翼（1906—1985）祖籍湖南湘乡，出生在江苏南京。父亲是清末进士，却不喜做官，宁愿当个教员、职员，养活一家人。母亲能读会写，常给孩子们讲故事。

张天翼在这样的环境里长大，文学自然成了他的第一爱好。上小学、念中学时，他读了大量古典名著，也喜欢读"林译"小说。中学没毕业，他就开始写小说，还真的在杂志上发表出来。那年他才十六岁！

张天翼是位多产作家，长篇小说就有六七部，像《鬼土日记》《齿轮》《一年》《清明时节》等。短篇就更多，共出过九部集子。而在所有的小说中，《包氏父子》和《华威先生》两篇写得尤为深刻。

《包氏父子》展示的是一出望子成龙的悲剧。书中的老包是刘公馆的老仆，当了三十年"听差"，深得主人信任。老爷太太不在家，钥匙

张天翼

永远归他拿着。可忠顺归忠顺，老包心里并不满意这卑微的地位。他一心想把儿子培养成人，梦想着有一天自己也能当上"老太爷"！

一切希望都寄托在儿子身上，哪怕借钱负债，他也得让儿子上中学。然而一个听差的工钱每月只有十块钱，而儿子眼下要交的学杂费，就要五十多块呢！老包老着脸到银行去借，到学校去央求免交或缓交，遭到拒绝后，他又东奔西走想办法。——这全是为了儿子有朝一日能出人头地啊。

可小包又怎样？他根本就不领这个情！——他是那种被惯坏了的孩子，全不管家境的窘迫，拿了爹爹高利借来的钱买皮鞋、买发油；整天头发梳得亮光光的，回家开门从来不用手，只是用脚"唧"的那么一踢！

他眼里根本就没有老包这个爹，回家后倒在藤椅上，荡着小腿，跟老子说话总是粗声大气的。已经是第三次留级了，可当老包问起时，他仍然理直气壮："他高兴留就留，我怎么知道！"

在学校他可不是这样。他是阔少爷郭纯的跟屁虫，他的全部梦想，就是能挤进"花花公子"的队伍里，成为郭纯那样的大少爷！他常做白日梦，梦见自己当上了篮球队员，在球场上大出风头，赢得女同学的爱慕，跟女同学逛公园……

就在老包恨不得为儿子掏心掏肺时，小包却在怨恨自己的出身呢！他幻想着自己的家应当像郭纯的家那样，就是自己的爹爹，也应当是胖胖的，穿着灰鼠皮袍，抽着雪茄，或者留着点儿胡子，戴着眼镜……

大年三十，老包被一群债主包围着，学校却来人请老包去

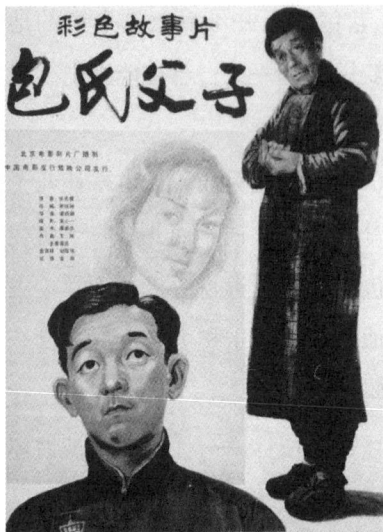

《包氏父子》被拍成电影

"说话"。原来，阔少郭纯跟人家争风吃醋，怂恿小包打伤了对方。学校决定开除小包，还要老包负担医药费。老包望子成龙的迷梦破灭了，他一头栽倒在大街上！

这是个带有双重意义的悲剧。老的被爱子之情蒙住了眼睛，把驴粪球当成了宝贝疙瘩，勒紧裤带编织着一个虚幻的梦。小的呢，受家庭的溺爱和社会风气的熏染，一心想往上爬，结果上不去、下不来，反而跌进瘪三的泥坑里！

这个悲剧的背景，就是嫌贫爱富、贪图享乐的社会风气啊。直到今天，这篇小说对那些溺爱孩子的父母，还有着教育意义呢！

华威先生，官僚典型

《华威先生》同样是一篇讽刺小说，讽刺的对象，却换成官僚。小说的背景是抗战时期，主人公华威先生是个地位显赫的人物。他永远夹着公文包，拄着黑油油的手杖，抽雪茄时跷着兰花指。

《华威先生》被改编成"小人书"

他整天忙，坐着黄包车，闪电似的飞奔着参加各种各样的会议：什么难民救济会啦，通俗文艺研究会啦，文化界抗敌总会啦……全都有他的身影。

妇女界组成一个"战时保婴会"，没有请他。这还了得！他马上找人家谈话，连启发带吓唬，终于，人家让他当上了战时保婴会的委员。

他参加会议起什么作用呢？什么作用也不起！他常常迟来早走，还要摆架子打断别人的发言，让人家听他的"重要看法"！这看法永远是那两点：青年们要好好干，抗战工作要有一个领导中心！

华威先生是什么人，作者始终没说。可读者却能隐约猜到：他是位四处插手的文化官僚，口口声声谈抗日，其实他的心根本不在抗日上，他只是要抓权。他的背后，就是政府当局啊！

《华威先生》问世后，引起了很大反响。人们碰到指手画脚、不干实事的官僚，便会说：看，又是位华威先生！——"华威先生"成了官僚人物的代名词啦。

童话"大小林"，美梦"宝葫芦"

少年朋友们同样熟悉张天翼，因为他同时又是位儿童文学作家。他的《大林和小林》是一部长篇童话，却含着社会政治的隐喻。

大林和小林本是双胞胎哥儿俩，走的却不是一条路。哥哥大林被一个财主收养，整天衣来伸手、饭来张口——其实口都不用张，自有人替他扒开嘴，往嘴里喂。他被擓（chuāi）成了大胖子，心眼儿也越来越贪婪。

《大林和小林》

他最后被困在一座堆满金银的海岛上。但遍地金银当不得吃、当不得喝，只能用来打打水漂儿——最终他守着金银山饿死在岛上。

小林则一直在社会下层挣扎、奋斗。他给贵族和财主做苦工，还参加了工人的反抗斗争。经过生活的磨砺，他对国王啊王子啊公主啊法官啊，也看得越来越清楚。——最终他和小伙伴们起来造反，争得了自由。

看得出来，这部童话的意义，远比一般儿童读物大得多呢。

中华人民共和国成立以后，张天翼的笔仍未停下。他的长篇小说《宝葫芦的秘密》也是部童话，今天五十岁往上的人大概还记得。那写的是个小学生的梦：他梦见自己得到一枚"宝葫芦"，想要什么，叫它一声，事情立刻办成。

可事实上，宝葫芦不但帮不了忙，还净添乱。譬如，他跟人下棋，想请宝葫芦吃掉对方的马。宝葫芦怎样帮他呢？那颗"马"立刻跑到他嘴里来啦！

几经周折他终于弄明白：无论干什么，都要靠自己的努力才行，任何投机取巧的法子都是靠不住的。

秦瘦鸥悲剧演海棠

有个问题，沛沛刚才就想问："看过一部电视剧《秋海棠》，也是根据张恨水的小说拍的吗？"

"这个倒不是。《秋海棠》的作者是秦瘦鸥（1908—1993），也是位言情小说家。他从小是戏迷，无论京剧、昆曲，还是话

老年秦瘦鸥

剧、芭蕾舞，他都爱看。他写的这部长篇小说《秋海棠》，就是以一位戏曲演员为主角的。

"小说男主角叫吴钧，艺名秋海棠。在舞台上，他男扮女装唱旦角，这在过去是常有的事。有个军阀袁师长，对他不怀好意——在那个时代，有钱有势的人不但侮辱女性，还有玩弄男性戏子的不良风气。可秋海棠有骨气，他身份卑微，人格却不下贱！

"秋海棠在天津唱戏时，一伙流氓寻衅闹事，他师哥奋起反抗，却被关进监狱。没法子，秋海棠只好四处找门路，找到了袁师长的姨太太。

"姨太太罗湘绮本来是个清纯的女学生，是被袁某连逼带骗娶到家的。——秋海棠跟罗湘绮一见面，两人都产生了好感。以后他俩书信往还，还私下租了一间房子作为幽会之所，并生下一个女孩儿梅宝来。

"没有不透风的墙，事情被袁师长知道了。他把秋海棠捉去，残忍地用刺刀在他脸上划了十字。——秋海棠被毁了容，再也上不了戏台啦！

"以后他带着女儿梅宝到乡下隐居务农，一心培养孩子读书。尽管袁师长死在兵变中，秋海棠还是不愿见罗湘绮——他不能让

《秋海棠》剧照

心上人看到自己的丑脸，更不能让她因此受人奚落！

"为了躲避战乱，秋海棠带着女儿到了上海。此刻他贫病交加，梅宝不得不到酒馆里卖唱。在那儿，她遇上了感情真挚的大学生罗少华。说来真巧，罗少华正是罗湘绮的侄儿，是罗湘绮一手带大的。

"分离多年的母女终于重逢了，她们驱车去接秋海棠。可是她们来晚了：秋海棠带着他的一张丑脸、一身疾病，在绝望中跳了楼……"

"太惨啦！"沛沛感慨地说，"作者干吗不让他们团圆呢？"

"团圆又怎么样？美丽的形象、美好的生活，已经被彻底破坏，无法挽回。带着屈辱的标记和内心的创伤跟亲人团聚，还能找回幸福吗？"源源回答。

"不对！"沛沛反驳说，"秋海棠……"

爷爷微笑地听着，没插话。老人家相信，孩子们会讨论明白的，他们已经长大啦！

「边城」桃花水，
「南行」异国风

沈从文、艾芜、
沙汀

凤鸣湘西沈从文

"今儿个介绍几位南方的小说家，沈从文、艾芜和沙汀，他们的作品有个共同的特点，都有着浓郁的地方色彩，让人读后难忘。——这多半跟他们诞生在民俗风貌很有特点的地域有关。

"先说说沈从文（1902—1988），他的老家是湘西凤凰县，那里是苗人和土家人聚居的地方，由于'山高皇帝远'，受现代文明的影响较小，民风也就格外淳朴。

"沅水从这里流过，滋润着这里的山川草木，这一带的自然风光也因此美得像画儿似的。又因为有了这条河，使得这个偏僻的地方不致跟外界完全隔绝。

"沈从文自幼在这条大河边长大，他爱这条大河，对这片生养他的土地有着深厚的感情。他的小说、散文，说一千道一万，

青年沈从文

总离不开沅水，离不开湘西这块土地。

　　"沈从文的家族，有着苗族人的血统和军人的气质。他的祖母就是一位苗家女子。他家几代都是军人，他的祖父隶属于湘军，因作战勇敢，二十六岁就当上了贵州提督！父亲也是位军官，而且总希望自己的爱子将来能继承祖业，做个将军！

　　"但沈从文的表现却让家里寒心：虽然在母亲的教导下，四岁时他已能认六百多字。但自从被送进私塾，却总是千方百计地逃学，把书篮（相当于书包）藏到土地庙里，然后到各处去闲逛！

　　"他独自出城到山上去玩，或是来到城外的庙宇、会馆，看匠人做工，店铺做买卖，闲人们下棋、打架……他看杀牛，也看杀人，小小年纪，社会的这本'大书'已被他翻了个够。只要他一闭眼，凤凰城的一切人物风景，就全在他的小脑子里映现并活动起来。

　　"以后他当了兵，足迹踏遍湘西，眼界更宽更广。这块风情独特的土地呀，人和事也都带着传奇色彩。像他那位做过'山大王'的军官朋友，还有被官军捉住杀掉的美丽的女'土匪'，他们的故事不用渲染，就是引人入胜的传奇小说。——当然，作者经历的事情，也有带着血和泪的。如官军一次'清乡'，就杀掉两千多人！

　　"沈从文在军队里给一位高级军官做书记——也就是文书一类随员。他读了不少书，以后又接触了新文学。他对人生产生了困惑，觉得这个世界上自己不懂的东西真是太多了。

　　"古代文人有'投笔从戎'的美谈，他此时想的却是'弃武从文'！终于，在那位开明军官的支持下，他乘上北去求学的列车，到了北京。又在就业无路、升学无门的困境中，拿起了笔，开始学习写作。这一年，他二十岁。

"于是发生在湘西土地上的动人故事，便如沅水一样，汩汩地从他的笔下流出来，再也不能停息。

"20世纪30年代是他创作的成熟期，出版的中短篇小说集有《入伍后》《龙朱》《都市一妇人》《边城》《八骏图》《绅士的太太》《月下小景》等。他还写过长篇小说《长河》，可惜没有写完。

"1949年以前，他总共出版了六十多部小说、散文集。——他也由一个乡下孩子，成了全国知名的大作家、大教授啦！"

萧萧媚金，悲剧同演

沈从文的小说，写的多是湘西乡下的平常人、寻常事。情节也是平平淡淡的，并没有多少曲折。像《萧萧》吧，讲的不过是个童养媳的平凡一生。她嫁到丈夫家时只有十二岁，丈夫更是个还没断奶的三岁孩子，常被萧萧抱着，当小弟弟哄。

萧萧一天天长大，懂了一些"人事"。有个外号叫花狗的长工，没事便同她拉话，还唱山歌引逗她。终于，萧萧怀了身孕，花狗却逃走了。

萧萧犯了族规，等待她的只有两条路：要么沉潭——扔进水潭淹死，要么发卖。只是因为在等待发卖时，她已生下一个男孩子来。一家人喜欢这男孩儿，萧萧才躲过了这场灾难。这男孩儿从此成了她婆家的一员，取名叫牛儿。

牛儿长大了，管萧萧的丈夫叫大叔，大叔答应着，从不生气。以后牛儿也娶了童养媳，比他大六岁。这时，萧萧与丈夫所生的孩子才三个月。萧萧抱着婴儿看迎亲，哄着他说，将来长大了要给他讨个女学生做媳妇哩。

小说中的萧萧，并没意识到自己命运的悲惨。当她看着又一幕悲剧在眼前发生时，她的心情是那么平静。——也许正是这种不动声色的写法，更能激起读者心中的涟漪吧？

另一个短篇《媚金、豹子与那羊》更像是个民间故事。媚金是白苗中最美的女人，能跟她相配的只有那个叫豹子的年轻男子。豹子长得英俊，而且有着一切美德。他俩是因唱歌而相爱的，并约定在山洞里幽会，豹子还答应带一只小山羊作为礼物。

媚金在山洞中等了又等，豹子还没出现，她几乎失望了。——其实豹子这时正为找那只小羊而奔忙呢。他跑了许多村庄，挑遍了所有的羊群，但不是个子大，就是毛不白。最后他在路边深坑里救起一只受伤的小羊，还回了趟村子为羊治伤。

沈从文与妻子张兆和

待他来到山洞时，天已经快亮了。媚金呢，认为自己受了欺骗，竟拔出刀子刺进自己的胸膛！——豹子没辜负她的爱，用同一把刀结束了自己年轻的生命！

这篇小说的题材来自苗民的传说，原来的故事不过是说媚金久等不去，冻死在山洞里。可经作者一改，却显出一种凄美悲壮来。——不难看出，这里面还有着《罗密欧和朱丽叶》的影子呢。作者不光从民间汲取文学营养，外国文学也给了他很多启发。

《边城》：明山秀水蕴珍珠

中篇小说《边城》是沈从文的代表作。不用说，故事仍是发生在湘西这块土地上。这儿有座小山城叫茶峒，城边小溪山坡上有座白塔，塔下的渡口边住着位管摆渡的老人，带着十五岁的小孙女翠翠，还有一条懂事的大黄狗。

小溪的水可真清啊，河床是大片的石头垒成的，即使深到一篙插不到底的地方，那水照样清得见底，连河中游鱼也可数得一清二楚！

大概因为七十岁的摆渡老人喝了一辈子溪中的清泉，他的心地正直又善良。他管摆渡，官家供他吃用。不管日子多苦，他从不要过往旅客一个铜板。你要遇上他在渡口跟旅客争得脸红脖子粗，不用说，他是为了人家付给他辛苦钱而生气呢。争吵的结果，是钱还给人家，还要人家接受他一束烟叶才肯罢休！

小孙女翠翠是他唯一的亲人——翠翠的母亲本是老人的独生女，因与一个士兵恋爱，有了这孩子。士兵殉情而死，母亲在生下她之后，也抑郁死去。这个苦命的女孩儿，在青山绿水的涵养与老人的爱抚下长大了。她长得可真美啊：

> 翠翠在风日里长养着，把皮肤变得黑黑的，触目为青山绿水，一对眸子清明如水晶，自然既长养她且教育她。为人天真活泼，处处俨然如一只小兽物。人又那么乖，和山头黄麂一样，从不想到残忍事情，从不发愁，从不动气。平时在渡船上遇陌生人对她有所注意时，便把光光的眼睛瞅着那陌生人，作成随时都可举步逃入深山的神气，但明白了面前的人无机心后，就又从从容容的来完成任务了。

这么美的姑娘，又有哪个小伙子见了不动心？

摄影师镜头下的"边城"

大老和二老，翠翠看上谁

茶峒掌管码头的船总顺顺，是地方上的一位好汉。他白手起家，如今有了四条船。他为人仗义，乐善好施，广交朋友，在地方上很有威望。

他的两个儿子也很出众：大的叫天保，人称"大老"，十八岁了，像他爸爸一样豪放豁达。小的叫傩（nuó）送，人称"二老"，如今十六岁，同样能干，并且长得眉目清秀，绰号叫"岳云"——因为只有戏台上漂亮的岳公子才能跟他相比。

端午节的时候，翠翠随爷爷到码头去看赛龙船、捉鸭子。爷爷不放心渡头的工作，回去照看渡船。翠翠等到天晚，不见爷爷来接，正在着急，水中钻出一个捉鸭子的年轻人来。

那人问明情况，便邀翠翠到他家楼上去坐。翠翠误会了人家的好意，轻轻骂了一句："你个悖时砍脑壳的！"对方笑了："你那么小小的还会骂人！你不愿意上去，回头水里大鱼来咬了你，可不要喊救命！""鱼咬了我，也不关你的事。"翠翠倔强地回答。——原来这人就是二老傩送。他走后不一会儿，有个人来送翠翠回了家。这人是二老派来的，二老一眼就喜欢上这姑娘啦。

大老天保也看上了翠翠。一次过摆渡，他心直口快地跟老人说：翠翠长得真标致，简直就像是观音。过两年我不必到外面四处奔波了，一定每夜到溪边来为翠翠唱歌。——照当地的风俗，小伙子夜间为姑娘唱歌，就是求婚的意思。

老人怎么回答大老呢？他说，下棋有车路有马路。走车路呢，就让爹娘派人来正式提亲，那就要看翠翠乐意不乐意了；走马路呢，就是你到溪边来为翠翠唱三年六个月的歌，用歌声来打动姑娘的心。

大老先走车路，真的让爹爹派人来提亲了。可翠翠不置可否。她心里装着另一个人呢——自然就是二老！

旧塔新坟，青春永在

追求二老的人家真不少，王乡绅家要拿一座崭新的碾坊做陪嫁哩。可二老不要那碾坊，宁愿继承这只破渡船！

有一天，在那座新碾坊里，哥儿俩各自剖露了胸怀，这才知道：两人爱上了同一个姑娘！——可爱情这事，可不作兴谦让。最公正的办法，是两人到溪边唱歌。谁的歌得到姑娘的答复，姑娘自然就是谁的。

翠翠在梦中听到了美妙的歌声，她觉得身子都被歌声浮起来了！——这歌儿是二老唱的，可就只唱了这一夜。因为大老知道自己不是对手，第二天就坐船往下河去了。船到茨滩出了事，水性那么好的大老，竟淹死在水里！

哥哥死了，二老的心沉重极了。老船夫觉得，二老似乎对自己起了反感，见了面，态度总是冷冷的。

也许，二老恨的是他自己吧？他虽然深深爱着翠翠，可又怎么能在哥哥死后，马上去追求哥哥热恋过的姑娘呢？何况姑娘见了二老，也总是淡淡的……家里人又逼二老接受新碾坊，他终于也坐船下了桃源。

老船夫到船总顺顺家打听二老的情况，遭到船总的冷淡。以

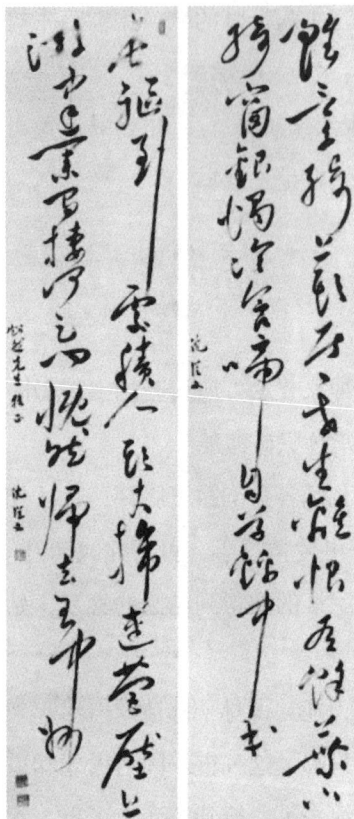

沈从文墨迹

后又从王乡绅的媒人那里，听到二老已经接受新碾坊的消息（其实是谎言）。——当天夜里，雷雨交加，这位把孙女当作心肝儿的老人，无声无息地离开了人世！而他的渡船，也恰在这一夜被山洪冲走。岸边的白塔，也倒塌掉了！

船总顺顺要接翠翠到家里去，翠翠死说活说不肯离开爷爷的新坟！——一个老马兵代替了爷爷，陪伴着翠翠。翠翠的妈妈在世时，他曾热烈地追求过她。

到了冬天，倒塌的白塔已被修好了。可那个月下唱歌的年轻人还没回来。——"这个人也许永远不回来了，也许明天回来！"

美人美俗，反照"文明"

晋代大诗人陶渊明写过一篇有名的《桃花源记》。文中提到的世外桃源，就在沅水下游，与沈从文的家乡一水相连。

一千五百年后，沈从文在他的《边城》里，又为我们创造了一个新的桃花源，这里的风景和人物，更加令人心醉！

翠翠这个天真美丽的姑娘，就是山水的精灵吧？从她那水晶一般的大眼睛里，可以看透她那纯洁如水的心灵。她是无言的大自然涵养教育出来的，没有沾染一丝一毫尘世的污浊。一切都出自天性，无论是爱，是天真，还是勤劳、自重。

老船夫的身上，也洋溢着边地人民淳朴、豪爽的人性之美。大老、二老、船总顺顺，也都显示着自然人性……总之，这里没有一个坏人。

而这些美的人物，又都活动在这样一个美丽而原始、未受现代文明"污染"的世外桃源里，这就使得小说像是一池醇酒，芳香扑鼻，碧色照人了。

是啊，作者写这篇小说，正是为了让人们认识这个民族过去的伟大与眼下的堕落，好来帮助那些为民族的复兴大业默默工作

笔耕不辍的沈从文

着的同胞呢。——只是他把过去美化得有点儿过分，未免让人有点儿沉醉于过去的年代，不愿意回头朝前啦！

沈从文的小说，流畅得如同散文和诗歌。他的散文，却又带着诗歌和小说的韵味。他似乎从不着意去编织、渲染，只是平静地讲述着他那永远讲不完的不寻常经历，让读者听得入迷，几乎忘记自己身在何处。

沈从文自称是"乡下人"，对于城市里的"文明"总有点儿看不惯。不过说来也怪，在他那带有乡土气的小说里，哪怕是土匪、流浪汉，甚至娼妓，也都有着淳朴美好的一面，并不像城里的绅士、文人们，用外表的文明，掩饰着内心的污浊和虚伪。

沈从文在北京、上海、青岛等地编过杂志，参加过新月社的活动。他本人没有加入"左联"，可他跟左翼作家胡也频、丁玲有着很深的交情。胡也频被捕入狱后，他还多方设法营救呢——他有着一颗正直的心。

抗战期间，他在西南联大任教。抗战胜利后又到北京大学任教授。中华人民共和国成立后，他没有写更多的作品，而是改行从事历史研究，在传统服饰的研究上，做出了很大成绩。

《南行记》：跟着艾芜去流浪

跟沈从文一样，艾芜的小说也有浓郁的地方色彩，一些作品甚至带着异国情调——那是因为他曾到东南亚度过一段流浪生活。

艾芜（1904—1992）原名汤道耕，是四川新繁县（现为成都市新都区新繁街道）人。曾在成都师范读书，但没毕业就离开家乡，先到云南昆明，在那里当了一阵子红十字会的杂役；以后又出国去了缅甸——别误会，他可不是提着皮箱、西服革履地出国留学，他是一面打工一面流浪，到缅甸去寻出路的。

青年艾芜

在缅甸，为了吃饭，他什么事都做过：打扫马粪，当小学教员，给报社当校对、做编辑；就是搞文学创作，最初也是为了填饱肚子。

他那写实风格的小说一发表，立刻吸引了广大读者。——因为他所经历的流浪冒险生活，一般有文化的读者都没经历过，看着格外新鲜。

他最早的一批"流浪小说"，后来结成集子，取名《南行记》。打开书，你会立刻被文中的西南风情、异国情调所吸引，不知不觉地随着作者走进肮脏简陋的小客店，整宿跟长着疥疮、抓个不停的陌生人挤在一张床上……

你体会着作者挨饿的心情，跟他一起上街找吃的；从随身的小包袱里找出一双新草鞋，换来十个铜板，买了十个烧饼——明天的饭食算是有着落啦，可后天呢？

以上是《人生哲学的一课》里的情节。其实单是饿肚子，还算不得什么。在流浪途中，有时还会出现生命危险呢。看看那篇《在峡中》吧。

与"猫"共舞，贼窟余生

这一回，"我"跟一伙流动作案的盗贼结成了旅伴。盗贼的头目，是个很有威信的老头子。

白天，刚刚入伙的我第一次参加盗窃行动，跟贼伙儿里的唯一女性"野猫子"扮成一对年轻夫妻，到集市上去闲逛。两人故意在摊子前吵嘴，好掩护别人偷东西，自己也顺手牵羊，能拿什么就拿什么。

可是这次行动出师不利，同伙小黑牛被人捉住，遭到毒打。大家把他抬到山峡中一座破庙里，他痛苦地呻吟着，吵得大家心慌。门外江水怒吼，庙里弥漫着不祥的空气。

只有当野猫子进来，拿着一个木头娃娃向老头子撒娇时，气氛才缓和下来——野猫子是老头子的独生女，老头子再恶，对女儿却总是凶不起来……

半夜，我听见有动静。偷偷睁开眼，只见在老头子的指挥下，受重伤的小黑牛被抬出去，扔进了怒吼的江中！

这太残酷啦！——可是社会对于这伙人，就不残酷吗？面对别人的残酷行为，自己先得变得残酷起来！这可能就是老头子在火堆旁要说又没说出来的"哲理"。

这残酷的一幕，促发我离去的念头。第二天，盗贼们都出门"发财"去了，我把这想法透露给野猫子——这个美丽而带着野性的姑娘，拿出一把雪亮的刀递过来，要我砍一棵树。我用力一砍，只砍进去半寸深。姑娘夺过刀，喳的一下，竟砍进三四寸！而后两手叉腰，嘲笑说："你怎么能走得脱呢？"

可是到了下午，野猫子忽然惊慌起来：有一队士兵正越过索桥走过来。这正是我脱离贼窟的好机会啊。然而当小军官盘问时，我却从容回答，是山那边的夫妻俩，从丈母家回来……士兵们走了，野猫子高兴得抓住我喊："你怎么不叫他们抓我呢？怎么不呢？……"她还惭愧地承认，她本来打算杀掉我呢！——一个知道盗贼底细的人，是不能轻易放走的！

晚上，老头子他们回来了。由于干得顺手，大家喝得烂醉。我盘算着第二天怎么向老头子辞行，想了半宿，直到后半夜才昏昏沉沉地睡去。

第二天醒来，天已近午。我发现，破庙里的同伴们全都不见了，只有木头娃娃和我的书还在，书里夹着三块银圆……

这伙盗贼，显然都是被"逼上梁山"的。就说死去的小黑牛吧，本是个老实巴交的农民，可是他的妻子平白被财主抢去了，害得他走投无路，才干上这一行。至于老头子，就一定是坏人吗？他发起狠

《南行记》中的精美插图

来，可以"杀人不眨眼"；但对女儿表现出舐犊之爱，并且知恩图报，冒着风险放走知情书生，这些地方，都透露出他内心的仁义与担当……

艾芜还写过长篇小说《丰饶的原野》《故乡》《山野》等，中华人民共和国成立后的长篇则有《百炼成钢》。不过给人印象最深的，还是他的短篇。——艾芜几乎是中国唯一一位流浪小说作家，堪称"中国的高尔基"。

艾芜与沙汀的生死交情

沛沛问爷爷："您前面还提到的沙汀，写过什么作品？"

爷爷说："沙汀（1904—1992）本名杨朝熙，也是四川人。他的爹爹过世早，他是由母亲拉扯大的。他的舅舅身份特殊，是民间反清组织'哥老会'的头目。沙汀小时常常帮舅舅传递消息，走遍了川西北的村村镇镇。那一带的风土民情，全都印在了他的心里。以后他写起小说来，那里特色鲜明的山川人物，便自然而然地冒了出来。

"十六岁时，他到成都读师范，那正是五四运动之后。他接触了新思想，对新文学也产生了浓厚的兴趣。以后他到上海，又加入'左联'，跟张天翼、丁玲、艾芜、周立波等人并肩战斗，成了最有活力的青年作家之一。

"他写过不少有分量的作品，如长篇小说《淘金记》《困兽记》《还乡记》，还有著名的讽刺短篇《在其香居茶馆里》。

"其香居茶馆开在川西北的一个小镇上，这天来了两个茶客，一个是'联保主任'方治国，另一个诨名叫'邢幺吵吵'的，虽是个平头百姓，大家却都怕他三分，一来因为他特别能吵，二来他的后台硬：大哥是县里有势力的乡绅，舅子是县里的财务委员。

"这不，邢幺吵吵一进茶馆，就又摆上了大吵一顿的架势。寻衅的对象，就是先来的方治国。——原来，吵吵的二小子被抓了'壮丁'（抓去当兵），这正是方治国背后'捣鼓'的结果。两个'体面人'开始还是言来语去、指桑骂槐，很快就进入正面交锋、互揭老底。方治国有两个狗头军师，不断在旁边出谋划策；吵吵则拉来前清秀才、有面子的陈新老爷，借以压服对方。吵到后来，双方竟动起拳头！

"正打得不可开交，忽然传来消息，吵吵家的二小子已经放回来了。原来，他到了军队里，连队列报数都不会，队长说他没资格打'国仗'，把他打了一百军棍，轰了回来！——免于当炮灰，一百军棍又算得了什么？这不过是遮人耳目罢了。

"原来，前一天吵吵的大哥请新上任的县长吃饭，新县长戴着墨镜，老早跑到饭店里等着……这位发誓要整顿兵役的新县长，跟贪污舞弊的前县长没啥两样，是一路货色！

"小说篇幅不长，如同一出独幕剧，可那风格，就像四川出产的又红又辣的'朝天椒'！小说中的人物一个个活灵活现，仿佛要跳出来似的。而压根儿没出场的新县长，也被作者几笔勾活了。

"沙汀的几个长篇，以《淘金记》写得最好。书中的背景依然是川西北的小村镇。书中活动的人物，也依然以财主、豪绅、

艾芜（左）与沙汀

袍哥头领为主。这些人为了争夺一座金矿，尔虞我诈，要尽了手腕。——你们想了解那个特殊的时代、特殊的地方以及那群特殊的人物，就自己去读读小说好了。

"有件趣事值得一提——艾芜与沙汀是同一年（1904）出生，同是四川老乡，又同在成都师范读过书。以后两人又一块在上海从事左翼文学创作，互相鼓励激发，写出了同样带有乡土气息的作品。而两位老人都活了将近九十岁，又是在同一年（1992）去世！

"古代人形容两人要好，说是'不求同年同月同日生，但求同年同月同日死'，这两位却是同年生、同年死，在古今中外的文坛上，也很难找出类似的例子呢！"

第 22 天

巴金：笔扫『春秋』出『家』门

幼年巴金，三师启蒙

"在20世纪上半叶，一些'大户人家'的子弟能勇敢地迈出家庭的高门槛，投身到社会革命中去，都是受一位小说家的鼓舞。——其实这位小说家自己就是从旧家庭里走出来的。他对旧文化、旧礼教的压迫有着切肤之痛，因此一旦行动起来，也就格外坚定，绝不妥协！"

听爷爷这么一说，沛沛忽然觉着，自己似乎听说过这位作家。可是他没敢冒失，只是看着源源。源源问："是不是《家》《春》《秋》的作者巴金？"

青年巴金

"正是他。巴金（1904—2005）本名叫李尧棠，字芾（fú）甘，巴金是他的笔名。他是四川成都人，他的爷爷、父亲都当过官。他出生那阵子，这个四世同堂的大家族人丁兴旺。在这所大公馆里，单是长辈就有二十多位，兄弟姐妹三十多人，仆人有四五十个！

"巴金从小聪明好学，一本《古文观止》被他背得滚瓜烂熟。可是在这座大宅门里，他从小就感到压抑：祖父是个不通情理的顽固老人，叔叔们也都是只知吃喝玩乐的败家子。巴金七岁丧母，十三岁又死了父亲，他的大哥当时不过二十岁，就独自挑起家庭的重担。

"虽然分了家，可是各房之间鸡争鹅斗，永无宁日。大哥是长（zhǎng）房长孙，受的气就更多。大哥为人懦弱，经不住打击，精神出了毛病……旧式家庭的丑恶，巴金从小就领教够啦！

"巴金自己说，他从小有三位启蒙先生。第一位是他的母亲。母亲不但亲手抄了古人的诗词教他读，更教他爱一切人，包括家中的仆人。可惜母亲死得太早。

"第二位先生，是他家的一个轿夫。那轿夫受了一辈子苦，可他却告诉巴金：'火要空心，人要忠心。'他教巴金认识了外面的世界，并劝告他：要好好做人，待人要真诚；不要欺骗人，不要占人便宜……

"第三位则是巴金的一位同学。他为了实现自己'不劳动不得食'的信条，宁可辍学去当裁缝、攒学费，也不要家里的钱……

"巴金就是在这些好人的影响下长大的，他热爱人生、向往正义、同情劳动者、痛恨强权，这一切也便成了他日后文学创作的主题。"

巴黎晚钟，催生《灭亡》

五四运动震撼了每个中国知识青年。每当新一期的《新青年》《每周评论》出版时，李家兄弟一定争着购买、阅读，热烈地讨论，连大哥也不例外。

十六岁时，巴金考进了成都外语专门学校，他又发现了外国文学这座金山。他读了大量的外国小说。留学和写作的梦，便是从这里开始的。

以后巴金真的冲出家庭的牢笼到上海去求学，还准备到北京报考北京大学，可就在这时，他患了肺病，只好在上海一面调养、一面自学。1927年，二十三岁的巴金留学去了法国。

在法国，巴金住的地方离巴黎圣母院挺近。每当圣母院钟楼的钟声又敲响时，巴金就格外怀念故乡。——可故乡这时又怎样呢？在军阀的统治下，无数青年人因报国无门而悲愤苦闷。巴金只觉得自己的热血在沸腾，他得找个方式，把自己的感情宣泄出来。他开始写起小说来。

巴黎圣母院的钟楼

他头一部长篇小说是《灭亡》，那是在无数个夜晚，伴着巴黎圣母院的钟声，写在一个很普通的练习本上的。而"巴金"这个笔名，也是第一次在这儿使用。

《灭亡》的主人公是个叫杜大心的年轻革命者。他患着严重的肺病，却仍然拼命地工作着。他觉得，做个革命者，就应该为事业献出一切，包括自己的爱情！——一个革命者应当拿出全部力量去"恨"，哪还顾得上"爱"呢！

然而，爱情却不管这些，还是闯进了他的生活，他爱上了一个叫李静淑的姑娘。——以后为了反抗军阀的统治，他去搞暗杀，终于被捉住砍了头！

据作者说，小说取名"灭亡"有两重意思：一是诅咒反动势力必然灭亡，另外也有祭奠革命者的意思——他们明知奋起反抗很可能意味着"自取灭亡"，却仍然义无反顾地迎上前去。这一切是多么悲壮！

巴金的朋友替他把小说投到《小说月报》，两位主编叶圣陶、郑振铎看了非常欣赏，决定马上发表。——巴金的这部小说，原本是写给大哥看的。结果大哥没看懂，倒是叶圣陶、郑振铎两位"大哥"读懂了，并把巴金引进文学创作之门。

《家》：觉新不再有梦

巴金在法国待了两年后，又回到了祖国。他有个计划：今后一面搞翻译，一面写小说。1931年是他创作的高峰期，这一年里，他写了十本小说，足有八十万字！那部举世闻名的《家》，就是在这一年问世的。

这个家，是个几代同堂、奴仆成群的官僚大家庭。看看这座公馆的大门吧：一对石狮子沉默地蹲在门旁，两扇黑漆大门敞开着，就像是只怪兽，张着大嘴，要把谁吞下去似的。门前挂着一对大纸灯笼，门墙上一副木头对联，红漆底子上八个隶书大字："国恩家庆，人寿年丰。"

在这么一座阴森森的公馆里，最高权威是高老太爷。他表情严肃，话不多，可说出来就是这个家中的"圣旨"！有他在场，一家人连笑一下也不敢。

他做过官，如今这么大的家业，全是他赤手空拳挣来的，做子孙的又怎能不敬畏他呢？——然而他的思想是那么顽固，一听说孙儿觉慧参加了学生"闹事"，马上把他喊来训斥了一顿，还让大孙子觉新看管觉慧，不准他再出门！

觉新、觉民、觉慧这哥儿仨是长房三兄弟。大哥觉新相貌清

《家》被改编成电影

秀，人也很聪明。在中学里，他的成绩永远是最好的。他满心幻想着毕业后到上海或北京的名牌大学深造，然后到德国去留学。可就在他毕业的那天晚上，父亲把他叫进房里，说你祖父希望早点儿抱重孙，我也希望早日抱孙子。我年纪大了，想休养休养，也得有人帮我料理家事。我已经替你相好一门亲事，年内就办喜事……就这么几句话，觉新的前途全都断送啦！

觉新是个懦弱的人，只是顺从地点头——祖父和父亲的意志，能违背吗？可是回到屋里，他却蒙着被大哭了一场。他为他的梦碎而哭泣呢！

觉新大概还为自己的亲事哭泣吧？他本来深深爱着表妹梅姑娘，可父亲却硬给他派定了李家姑娘——那是父亲在求亲的名单里挑来挑去，最后靠拈阄确定的。

觉新和梅姑娘的两颗相爱的心，就这样被送进了坟墓！一个人活在世上，还有什么意思呢？别看觉新只有二十岁，他的心，已经死了多一半啦。

在一家公司里找了个清闲又毫无意思的差事，就这么一天天混日子。好在娶进门的妻子瑞珏（jué）是个美丽而贤惠的女子，这多少给了觉新一点儿安慰。

然而不久父亲死了。作为长房长孙，觉新理所当然地挑起了掌家的重担。——可这一家人，又有哪一房是好对付的呢？

鸣凤投湖，唤醒觉慧

就说四叔、五叔吧，教育起晚辈来，他们会说"行莫回头、语莫掀唇、坐莫动膝、行莫摇裙"，可他们自己又怎么样？还不是天天跟唱小旦的混在一起，又在外面纳妾、胡闹吗？五叔还偷了妻子的首饰到外面赌博，结果跪在老太爷面前自打嘴巴，出尽了丑！

就是老太爷自己，年轻时不是也荒唐过，还娶了两房姨太太吗？这个家，就是只许家长胡作非为，不准青年人有纯洁的爱情、正当的理想！

对待四房、五房的攻击刁难，觉新采取的是"作揖主义"和"无抵抗主义"。他得尽力去敷衍这群家长，恭敬他们、陪他们打牌、替他们买东西、讨他们欢心……这一切，只是为了换来一点儿安静的生活。可是这样的日子，什么时候是个头啊！

觉慧的性格跟大哥截然相反，他是高氏家族里一个幼稚而大胆的叛徒！也许是他年纪小、受旧教育少的缘故吧？又或许是因为他对新事物接受得快，总之，在学校里，他是学生运动的积极分子，他写文章宣传新思潮，还参加反对军阀暴行的请愿，并上街散发传单。在家里，他是唯一不怕爷爷的人。尽管爷爷的命令可以禁锢他的身体，却不能禁锢他的思想！

觉慧爱着一个姑娘——丫鬟鸣凤。一位主子少爷，真心爱上一个丫鬟，这在讲究门第的社会里，是件不能容忍的事。不过觉慧是具有新思想的人，他相信：人应该是平等的，丫鬟就不是人吗？

然而，事情的结局他却怎么也没想到：高老太爷要把鸣凤当作一件礼物送给冯乐山做妾——那是个快六十的糟老头子，表面上道貌岸然，其实是个老色鬼！

平日那么善良温顺的鸣凤，这时已打定了主意。在被送走的前一天晚上，她抱着最后的希望，来找觉慧。觉慧这时还蒙在鼓里呢，他忙着翻稿子、搞宣传，竟没察觉鸣凤有什么异样。等他从二哥那儿听到这消息，急忙去找鸣凤时，已经晚了——鸣凤在花园里徘徊了好一阵，呼唤着"三少爷"，投了湖！

还有什么事，比这更能刺痛年轻人的心啊？觉慧恨自己缺乏勇气，不愿做出大的牺牲，结果是牺牲了鸣凤！他更恨这个家庭、这个社会。这个家是再也待不下去了，他萌生了出走的念头。

高墙难阻时代"激流"

这个阴森家庭里的悲剧还远没到头呢。鸣凤死了，另一个丫鬟婉儿还是被送到了冯家。婉儿临走前让伙伴儿给她烧了一堆纸，她人还在，可心已经死了！

紧接着就来了觉民的悲剧：二哥觉民一直爱着表妹琴。然而高老太爷过六十六岁生日那天，却答应让二孙子觉民跟冯乐山的侄女联姻！

再也不能让发生在觉新、觉慧身上的悲剧在觉民身上重演啦！在觉慧的帮助下，觉民逃出家门，躲到了没人知道的地方。高老太爷大发脾气，可觉慧不怕！只有大哥觉新夹在中间，有点儿不好办。

觉新的烦恼还不止这些呢。他深深爱着的梅表妹嫁人后守了寡，重又回到娘家。她人是那么好，她坦诚地向表嫂瑞珏倾吐自己的绝望心情，又真诚劝告表哥珍视自己的婚姻。——她自己呢，终于忧郁而死，了结了她不幸的一生。

高老太爷终于走到了生命的尽头。大概"人之将死，其言也善"吧，在病榻上，他似乎恢复了一点儿人性。他看出来，几个吃喝嫖赌的儿子是没指望了；他把希望寄托在觉慧身上，并答应不再逼觉民跟冯家联姻。——只是统治这个大家庭的腐朽势力并没被高老太爷带进棺材。老太爷死后，陈姨太和几房叔叔反而闹得越来越不像话了。

大嫂瑞珏要生孩子，陈姨太却胡说什么产妇冲了老太爷的灵柩，会有"血光之灾"。逆来顺受的觉新只好让瑞珏搬到城外去生产。由于缺少照顾，瑞珏最终死在了乡下的破屋子里！——这对觉新的打击真是太大了。他深深自责：是自己的软弱害了她！

大嫂的死，让觉慧下了出走的决心。他在这个家里的反抗从来没停止过。爷爷病重时，陈姨太和三叔请了老道来捉鬼，闹得乌烟瘴气。别人不敢说什么，觉慧却忍不住了。他把陈姨太一伙痛骂了一顿，骂得那么痛快淋漓。参与胡闹的长辈们一个个灰溜溜的——他们才是名副其实的"鬼"！

觉慧感到，这个家连一分钟也不能多待了！大哥开头不愿意让他走，可最后也不能不承认：我们这家里需要一个"叛徒"……他为有这样的弟弟而骄傲，自语说：你们看着罢，这里并不全是像我这样服从的人！

十八岁的觉慧终于走出了高府的黑漆大门。那高高的围墙，再也挡不住时代的激流啦！——巴金的小说三部曲，便取名"激流"。《家》是三部曲的第一部，另两部《春》和《秋》，写的依旧是这个大家庭里发生的事。

召唤春日，送走残秋

《春》的主人公是两位女子：周蕙是觉新大舅的女儿；高淑英呢，则是三叔的女儿、高氏兄弟的堂妹。

周蕙的父亲周伯涛为了讨好上司，糊里糊涂为女儿定了"终身"。姑爷郑国光是个遗少式的人物，会写几篇古文，周伯涛却把他看成难得的奇才。

其实他人品不好，脾气又坏。周蕙嫁过去，受尽了委屈，二十岁的姑娘，却觉得自己是个一天天挨日子的老人，又像是在黑夜里摸索着走路的盲人。她内心爱着觉新，却又没法子向他吐露。以后她在婆家生了病，冷冷清清地死在医院里——又一个女子被吞噬啦！

淑英的命运要好得多。她本来是个爱说爱笑的姑娘，爷爷在世时，把她许给陈律师的二少爷。陈二少爷不务正业，爱的是赌博、捧戏子……淑英的前途好得了吗？

是觉慧、觉民和琴表姐的鼓励，给了她反抗的力量。最终，她违抗父命，逃出家庭，到上海去找觉慧。——她认识到：春天是我们的！

《秋》记录的是高家的没落。表面上看，这个大家庭还保持着空架子，可它的内部早已烂下去了。四叔、五叔更加肆无忌惮，公然在端午节把唱戏的小旦接到家里胡闹，五叔还把花园水阁里的字画偷出去卖掉……

不断有年轻的生命被吞噬掉：四婶的丫鬟倩儿得了病，四婶不管，还不许觉新管；说什么死了也是我花钱买来的丫头，用不着你来担心！——倩儿就这样死掉了，还是觉新垫钱买了棺材，把她埋了。

五叔的女儿才十五岁，由于受不了五婶的逼迫打骂，跳了井！周伯涛的独子枚少爷婚后不久也得肺病死了。

祸不单行，觉新的公司着了火，陈姨太他们不但不同情，反而逼着他赔钱——那本是觉新帮他们买的股票，放在办公室被一起烧掉了。

三叔死了，四叔、五叔闹得更不像话。——不过觉新再也不愿当受气包！觉民鼓励哥哥说：没有一个永久的秋天……秋天就要过去了！

终于，高家公馆卖掉了，由高老太爷一手造就的高氏家族彻底垮啦！

觉新跟爱着他的婢女翠环结了婚，他总算能安安静静过属于自己的日子了。觉民和琴举行了婚礼，他们有着光明的前途。还有淑英、淑华，她们也都冲破了家庭的束缚，有了属于自己的生活——生活的激流浪花四溅、奔腾向前……

写给活着的"大哥"

不难看出，《家》《春》《秋》这三部小说里，有着巴金家族的影子。思想顽固的高老太爷，不就挺像巴金的祖父吗？巴金有

位叔叔，确实如小
说里的五叔那样，
偷了妻子的首饰去
还"荒唐债"……

还有奉行"作
揖主义"的觉新，
分明就是巴金的大
哥啊。只是生活中

李家三兄弟，右起：巴金、大哥李尧枚、三弟李尧林

的大哥是自杀身亡的，当时作者正写到《家》中"做大哥的人"
这一段，噩耗传来，他痛苦极了：如果书早点儿写出来，大哥看
了，还会走那条绝路吗？

不过这倒更加坚定了他写好小说的决心——因为世上还有好
多活着的"大哥"，他们正处在新旧交替的路口上，已经看到新
时代的曙光，却又放不下旧道德的担子。巴金得给他们勇气！

至于觉慧，他的思想、感情，更多的是作者自己的。巴金就
是个有着火一般热情的青年，他恨透了旧礼教，跟它势不两立！
他让觉慧喊出：爷爷的时代已经过去了！——这其实就是作者自
己的呐喊呀。

据巴金说，当他面对稿纸时，仿佛有火在身体里燃烧，只觉
得惨痛的画面、受苦的生灵，都涌到他的笔尖上，使他来不及思
索、忘了健康和疲倦，只是一个劲儿写啊写啊……他是用他的全
部生命在写作呢！

不过如果把此书看成作者的自传，又是降低了小说的意
义。——巴金是要通过一个旧式家庭的解体，写出整个旧制度没

巴金倡导建造的中国现代文学馆

落崩溃的趋势啊！

抗日战争全面爆发，巴金积极投身到抗日宣传中去，跟茅盾一同主编了抗战文学刊物《呐喊》。

其实早在1936年，他就跟鲁迅、郭沫若、茅盾等人一起，联名发表了《文艺界同人为团结御侮与言论自由宣言》。巴金没参加任何文学社团，但他跟当时的进步文学家有着密切的联系。他主编的《文学丛刊》，就曾编选了鲁迅、茅盾、郑振铎、曹禺等人的作品。

鲁迅这样评价他："巴金是一个有热情的有进步思想的作家，在屈指可数的好作家之列的作家……"——鲁迅去世时，巴金参加了治丧工作，流着泪送走了自己崇敬的导师。

寒夜过去是黎明

抗战期间，巴金守上海、走广州、赴汉口、奔昆明……还回过成都，又到过重庆、贵阳、桂林……在旅途颠簸中，在敌机轰炸时，他始终没放下手中的笔。《春》和《秋》就都是在抗日战争中完成的。此外他还写了有名的《憩园》《寒夜》等小说。

说说《寒夜》吧，这是一出知识分子小职员的生活悲剧。

汪文宣和妻子曾树生都是大学毕业。汪文宣也曾是个有理想有热情的青年，可他在一家公司当了小职员，又患着肺病，生活把他变成无所作为的小人物。妻子曾树生呢，她在一家银行做事。人长得漂亮，会打扮、善交际，她就是人们常说的那种"花瓶"。

树生爱着她的丈夫，她不但用自己挣来的钱贴补家用，还供儿子上了"贵族学校"。可这中间又夹上一位处处跟儿媳过不去的婆婆，这个家庭，可就难太平啦。于是悲剧不断在这个家庭中上演，直到曾树生跟着她的上司离开重庆、去了兰州……

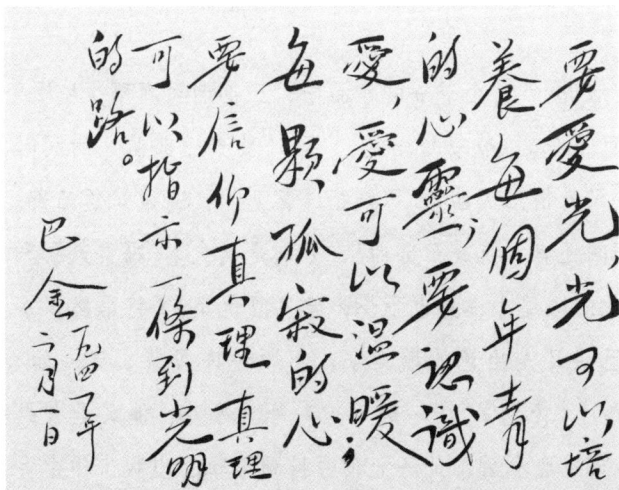

巴金墨迹

其实树生并没抛弃她的丈夫，也没忘记做母亲的责任，她月月给家寄钱。然而抗战结束她赶回重庆时，丈夫已经死于贫病；婆婆带着孙儿，也不知去向。——这个女人面对着阴暗的街道和在寒风中摇颤的灯光，只剩一个感觉：夜太冷啦！

人们总是说"好人有好报"，可千千万万像汪文宣、曾树生这样的好人，怎么总躲不开家破人亡的噩运呢？作者告诉我们，那是因为他们生活在"坏人得志"的时代。——不过寒夜过去就是黎明，夜最冷的时候，离天亮也就不远了！

《寒夜》是小人物悲愤的哭诉，巴金还写过一篇《憩园》，那是没落阶级的一首挽歌。此外又有一篇《第四病室》，是以一间外科病房的见闻，来表现社会的悲惨。——这三部作品都是在抗战期间完成的，也有人称它们为"人间三部曲"。

永不搁笔

沛沛说："巴金爷爷的作品中，三部曲可真不少！"

"可不是。"爷爷赞同道，"写'激流三部曲'的同时，他还创作过'爱情三部曲'，那是指《雾》《雨》《电》这三部。此外，抗战期间还有'抗战三部曲'，分别是《火》《冯文淑》和《田惠世》。他的短篇小说集也不少，像《复仇集》《将军集》等。

"巴金还是出色的散文家，出版过许多散文集，如《无题》《梦与醉》《怀念》《龙·虎·狗》等。另外，他又是有成就的翻译家。抗战胜利后，他还把精力投到编辑、出版工作中去，因此他还应当算是位出版家呢！"

工作中的巴金

源源问："新中国成立后巴金一定也写了不少作品吧？"

爷爷说："是呀。抗美援朝时，他虽然已年近五十，但依然两次到朝鲜前线去慰问，写了不少散文通讯，都收在《生活在英雄们中间》和《保卫和平的人们》两个集子里。

"对了，有个电影《英雄儿女》，你们一定很熟悉。那就是根据巴金的一篇小说《团圆》改编的。那支电影插曲让人热血沸腾：'烽烟滚滚唱英雄，四面青山侧耳听，侧耳听……'

"'文革'期间，巴金也遭到迫害。但这位老人坚信，乌云不会永远遮住太阳！造反派不让他拿笔搞创作，他就躲在一间小阁楼上搞翻译。不管能不能出版，他在世一天，就要为子孙后代留下财富——精神的财富！

"粉碎'四人帮'那年，巴金老人已经七十多岁了。可他仍然认真反思，连续二十年笔耕不辍，写出一系列'随想录'及'创作回忆'，在报刊上登载，并结集出版。

巴金于1982年荣获意大利但丁国际荣誉奖

"由于在文学创作及翻译工作上的成就，他先后获得意大利但丁国际荣誉奖、法国荣誉勋章等奖励和香港中文大学荣誉文学博士、美国文学艺术研究院名誉院士等称号。

"在他的提倡下，中国现代文学馆于1985年建成。为此，他还奉献出自己多年积蓄的稿费……巴金逝世于2005年，享寿一百零一岁，在古今文坛上是少见的。"

第 23 天

北臧南艾，
诗颂黎明

臧克家、艾青、
田间

臧克家的诗《有的人》

沛沛问爷爷："有一位诗人臧克家，您还没说呐。"

爷爷说："今天咱们就来介绍几位诗人。还记得前面介绍过的几位现代诗人吗？徐志摩、闻一多、冰心……他们不光自己写诗，也培养了不少诗坛新人。

"就说闻一多吧，他见到有新人新作出来，总是比自己写了好诗还高兴。有一回他读到年轻诗人田间和艾青的诗，马上拿给朱自清看，说：'这是什么？这不是战斗的鼓点吗？'并随即把这些诗篇介绍给学生们。至于臧克家，是另一位诗坛新秀，也受过闻一多的亲自指点呢。

"说到臧克家，你们一定读过他的那首《有的人》：

有的人活着

他已经死了；

有的人死了

他还活着。

有的人
骑在人民头上：'呵，我多伟大！'
有的人
俯下身子给人民当牛马。

有的人
把名字刻入石头，想'不朽'；
有的人
情愿做野草，等着地下的火烧。

有的人
他活着别人就不能活；
有的人
他活着为了多数人更好地活。

骑在人民头上的，
人民把他摔垮；
给人民做牛马的，
人民永远记住他！
把名字刻入石头的，
名字比尸首烂得更早；
只要春风吹到的地方，
到处是青青的野草。
他活着别人就不能活的人，

他的下场可以看到；

他活着为了多数人更好地活着的人，

群众把他抬举得很高，很高。

　　"不错，这是诗人为纪念鲁迅而写的。——'俯下身子给人民当牛马'，不就是'俯首甘为孺子牛'吗？'情愿做野草'又让我们想起鲁迅的散文诗集《野草》。"

《老马》与《老哥哥》

臧克家（1905—2004）是山东诸城人，十八岁以前一直生活在胶东半岛的农村，他对中国北方的农民是太熟悉啦。以后他到位于济南的省立第一师范读书，开始接触郭沫若等人的新诗，并自己学着写起新诗来。

青年臧克家

　　臧克家自称是"倔强的、泥土的人"。他从农村走出，对农民有着天然的情感，他的诗有不少是写农村生活的。例如那首《老马》：

总得叫大车装个够，

他横竖不说一句话，
背上的压力往肉里扣，
他把头沉重地垂下！

这刻不知道下刻的命，
他有泪只往心里咽，
眼里飘来一道鞭影，
他抬起头望望前面。

简短八句，比一首七律多不了几个字；收尾似结非结，余音袅袅。有人说，诗人是以老马的品格来象征北方农民的忍辱负重、坚忍不拔。——其实这里还有一种悲天悯人的情怀，诗人是把对人的爱和同情扩充到动物身上，至于象征意义，倒是第二位的。

臧克家的诗集中有一首《老哥哥》，写一个天真未凿的孩子跟"老哥哥"对话。孩子问老哥哥：你收拾破衣裳干吗？你为什么不给我讲故事啦？孩子奇怪：太阳落山了，你为什么不去喂牛、关门，反而背起行李出了门？——面对孩子的好奇追问，老哥哥只是敷衍。直到孩子要跑去告诉爸爸时，老哥哥才说："小孩子，不要跑，你爸爸最先知道。"

诗中的孩子，就是诗人自己啊。"老哥哥"是服侍了他家四代人的老长工，临了却被诗人的祖父无情地撵出门。幼小的诗人当年拉着"老哥哥"的衣角哭着不肯放手。长大后，他把这人生之初的深爱与不平，记录在了诗歌里。——爱的种子，早已在他稚嫩的心田播下。直到年过八旬，诗人撰文回忆"老哥哥"时，仍然热泪纵横、痛哭不已！

"黄昏还没溶尽归鸦的翅膀"

臧克家的诗中，随处可见农民的悲惨形象。像这首《难民》：

> 日头堕到鸟巢里，
> 黄昏还没溶尽归鸦的翅膀，
> 陌生的道路，无归宿的薄暮，
> 把这群人度到这座古镇上。
> …………

这些被战乱饥荒赶离了家乡的农民，看着人家屋顶上的袅袅炊烟，不禁想象着故乡烟火全无的凄凉景象。正在庆幸今夜有了栖身之地，不料来了个拿长枪的人，说是"年头不对，不敢留生人在镇上"。于是：

> 一步一步，这群人走下了大街，
> 走开了这异乡，
> 小孩子的哭声乱了大人的心肠，
> 铁门的响声截断了最后一人的脚步，
> 这时，黑夜爬过了古镇的围墙。

农民失去土地，本来就够凄惨啦，可如今连块歇脚的地方也找不到，在这三更半夜，拖儿带女地被人赶到荒野上，今夜可怎么过啊！——读着

诗人臧克家

这样沉重的诗句，让人不禁想起杜甫的《北征》。

　　的确，臧克家有着深厚的古诗词的底子。古人不是讲究"吟安一个字，捻断数茎须"吗？臧克家写诗，也很注意词句的锤炼。就说诗的开头那句吧，一个"溶"字用得多贴切。——这句诗最初写的是"黄昏里扇动着归鸦的翅膀"，后来又改成"黄昏里还辨得出归鸦的翅膀"，最后才改成现在这个样子的。

　　臧克家的诗既有字斟句酌、严谨凝练的一面，也有一泻千里、大气磅礴的一面。读读他的《自己的写照》，全诗八节，上千行，是诗人在不到一个月的时间里写出来的。那不是写，简直就是往外流淌啊。

诗人的"战利品"

　　臧克家还是战士——一位名副其实的战士。他曾报考黄埔军校读军事，没等毕业就参加了北伐。北伐失败后，他考入山

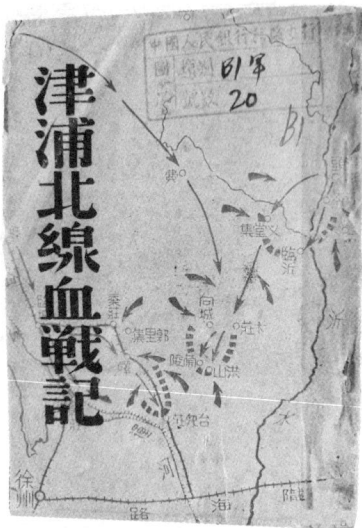

《津浦北线血战记》书影

东大学深造。抗战军兴，他再度从戎，不过没有"投笔"——他当上战地记者，以笔做枪，追踪报道战况。

在举世震惊的台儿庄大战中，诗人顶着日寇飞机的轰炸，八天之内三次深入战地前沿；七天七夜焚膏继晷，写下"读来惊心动魄"的长篇战地通讯《津浦北线血战记》。

当时的第五战区司令李宗仁将军读了《津浦北线血战记》十分激动，亲笔为书稿题写长篇题词。4月底，诗人离开战场赴武汉联系出版事宜，临行与李将军话别。将军问他在台儿庄收获了什么战利品，想不到诗人掏出的不是什么手枪、佩剑、望远镜，而是一帧小照——照片上是个年轻女子，背面用日文写着："昭和十三年二月二十六日写。当年十九岁春。"——这是诗人从一个死去的日本兵衣袋中找到的。

李将军一愣，随之愤慨道："日本军阀为了做侵略迷梦，寡人之妻、孤人之子！其实日本老百姓和中国老百姓有什么仇恨！"诗人点头，低吟道："可怜无定河边骨，犹是春闺梦里人！"

不久，长篇报道《津浦北线血战记》由生活书店出版，极大鼓舞了全国人民的斗志，并向全世界宣示了中国人民浴血奋战、绝不屈服的决心！——诗人是站在全人类的立场上反对不义之战，只有心存大悲悯的人，才能透过硝烟与血肉，站上人性的制高点，写出如此惊天地泣鬼神的文字！

艾青：我的母亲叫"大堰河"

同时代的另一位著名诗人艾青，跟臧克家有着类似的童年经历。

艾青（1910—1996）原名蒋正涵，出生在浙江金华乡下一个开明地主的家庭，然而他却是在一位贫苦农妇家里长大的。——原来，艾青出生时，母亲因难产差一点儿死掉，算命先生就断定这孩子于家不利；于是这个"地主的儿子"被送到乳母家抚养，有了一位"农民的母亲"。

善良勤劳的乳母连名字也没有。她家住在大堰河村，"大堰河"也便成了她的名字。

以后艾青写了那首饱含深情的抒情诗《大堰河——我的保姆》，抒发的正是这用奶汁滋养的母子亲情。艾青的第一本诗集，也取名《大堰河》。

艾青五岁时才回到自己家，看看那雕花的家具，摸摸描金的床，他觉得自己来到了一个陌生的地方。

以后他读小学、进中学，十八岁时又考入杭州国立艺术学院；无论到哪儿，他对家的感情总是淡淡

艾青

的。十九岁时，他去了法国巴黎，一面做工，一面学习绘画。家里对他的接济，也就完全断了。

在法国，他读了大量文学作品，尤其喜欢比利时诗人凡尔哈伦——那是一位象征主义诗人，有着"力的诗人"的美誉。

艾青对文学的兴趣，渐渐超越了美术。回国后，他加入了中国左翼美术家联盟，不久遭到逮捕，关进了监狱。——他的那首《大堰河——我的保姆》，就是在监狱铁窗下写成的。

透过监狱的铁窗，诗人看到了雪，于是想起了大堰河那被雪压着的草盖的坟墓，想起乳母从前对自己的百般爱抚：

> 你用你厚大的手掌把我抱在怀里，抚摸我；
> 在你搭好了灶火之后，
> 在你拍去了围裙上的炭灰之后，
> 在你尝到饭已煮熟了之后，
> 在你把乌黑的酱碗放到乌黑的桌子上之后，
> 在你补好了儿子们的为山腰的荆棘扯破的衣服之后，
> ……
> 你用你厚大的手掌把我抱在怀里，抚摸我。

这是多么亲切的回忆！只有受过乳汁的喂养、肌肤的触摸，才能产生出这样深切难忘的回忆吧？

接下去，诗人又回忆自己如何悄悄跑回乳母家，叫一声"妈"。这位"妈"又如何在邻居面前赞美自己的乳儿，以及她做了一个怎样的梦，梦见吃上了乳儿的结婚喜酒……

可是她的梦到底没能实现，她早早地去了。——今天，诗人在铁窗下写下这首赞美诗，正是要呈献给"爱我如爱她自己的儿子般的大堰河"，他深情地呼唤着："大堰河，我是吃了你的奶而长大了的你的儿子，我敬你爱你！"

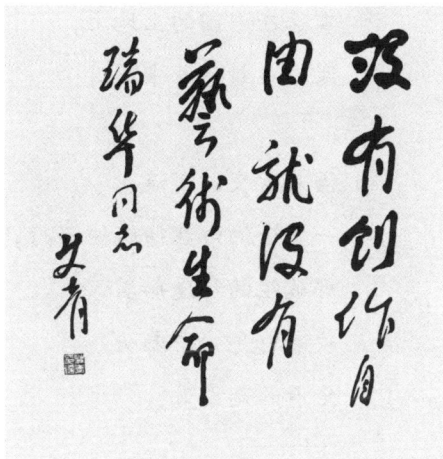

艾青墨迹

从这首感情真挚的诗里，人们还看到一位农村妇女可悲又可敬的一生：她是那样善良慈爱，她是世上所有劳动母亲的象征啊。

大雪冷中国，小车鸣山野

1935年，艾青被释放出狱。以后他到过许多地方，当过教员、编辑、艺术团体的负责人……1941年，他奔赴延安。此前此后，他写过大量诗歌。

有不少诗是反映人民苦难的。像抗战期间写的那首《雪落在中国的土地上》，就描画了战祸给人民带来的不幸，诗中反复吟唱着这样的句子："雪落在中国的土地上"，其中一节这样写道：

雪落在中国的土地上，
寒冷在封锁着中国呀……

沿着雪夜的河流，
一盏小油灯在徐缓地移行，
那破烂的乌篷船里，
映着灯光，垂着头，
坐着的是谁呀？

——啊，你，
蓬发垢面的少妇，
是不是
你的家，
——那幸福与温暖的巢穴——
已被暴戾的敌人，
烧毁了么？
是不是
也像这样的夜间，
失去了男人的保护，
在死亡的恐怖里，
你已经受尽敌人刺刀的戏弄？

咳，就在如此寒冷的今夜，
无数的，

> 我们的年老的母亲，
>
> 都蜷伏在不是自己的家里，
>
> 就像异邦人，
>
> 不知明天的车轮，
>
> 要滚上怎样的路程？

无数丢失了土地的农民向着阴暗的天空伸出颤抖的手臂，可"中国的苦痛与灾难，像这雪夜一样广阔而又漫长呀"！

车轮的意象，不止一次地出现在艾青的诗中。有一首《手推车》，其中再次出现车轮：

> 在黄河流过的地域
>
> 在无数的枯干了的河底
>
> 手推车
>
> 以唯一的轮子
>
> 发出使阴暗的天穹痉挛的尖音
>
> 穿过寒冷与静寂
>
> 从这一个山脚
>
> 到那一个山脚
>
> 彻响着
>
> 北国人民的悲哀

独轮车是北方农村最常见的运输工具，可是在日寇铁蹄践踏着的北国大地上，农民的手推车上又能装些什么呢？只能是逃荒的行

艾青

李，或是将要卖掉的儿女吧？因而它那"吱扭吱扭"的响声，听起来也便那么刺耳，使阴暗的天穹也不免"痉挛"呢！

全诗从始至终没有一个标点——难道还要用什么标点符号来加强语气吗？这刺耳的声音，凄惨的画面，足以让人心头发紧了！

黎明的通知，清晨的号角

然而诗人的心，并没有因此变冷。翻开诗集看看这些题目吧：《太阳》《向太阳》《黎明》《黎明的通知》……他的心里，即使在最寒冷最黑暗的时候，也总燃烧着一轮火光熊熊的太阳呢！——读读《太阳》的第一节：

从远古的墓茔

从黑暗的年代

从人类死亡之流的

那边

震惊沉睡的山脉

若火轮飞旋于沙丘

之上

太阳向我滚来

只有这种一气呵成、文不加点的句式，才能把太阳滚滚而来的雄伟气势表现出来吧？对太阳的热切渴望，对

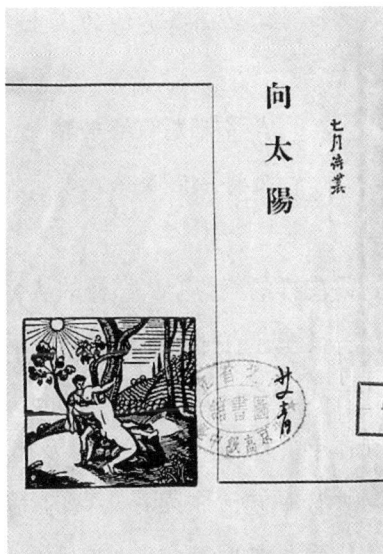

《向太阳》书影

光明力量的深信不疑，也成了艾青诗歌中最能打动人的地方。

说到这，我们不能不再读一读他的《黎明的通知》：

为了我的祈愿

诗人啊，你起来吧

而且请你告诉他们

说他们所等待的已经要来

说我已踏着露水而来

已借着最后一颗星的照引而来

我从东方来

　　　　从汹涌着波涛的海上来

　　　　我将带光明给世界
　　　　又将带温暖给人类

这是怎样的气势啊！那样的从容自若，带着不容置疑的力量和自信，甚至还有那么一种居高临下的高贵风度……诗人成了光明的代言人。——也只有用这样的句式和语调，才能表达出光明与正义在宇宙间的崇高地位，以及那不可战胜的力量！

　　有时候，你读着艾青的诗，你也被带进诗的情境中去了。仿佛看见画面的颜色，呼吸到诗中的空气，听到诗中传来的声音……看看《吹号者》中的这一段，那写的是抗战中一位军人号手的动人姿态：

　　　　现在他开始了，
　　　　站在蓝得透明的天穹的下面，
　　　　他开始以原野给他的清新的呼吸
　　　　吹送到号角里去，
　　　　——也夹带着纤细的血丝么？
　　　　使号角由于感激
　　　　以清新的声响还给原野，
　　　　——他以对于丰美的黎明的倾慕
　　　　吹起了起身号，
　　　　那声响流荡得多么辽远啊……

世界上的一切，

充溢着欢愉

承受了这号角的召唤……

这是一曲多么清新动人的黎明颂歌！——这位号手，就是诗人自己的化身吧？他不是正以诗歌为号角，呼唤着黎明，唤醒着人们的民族精神吗？

鼓手田间，以笔为槌

"真是位天才诗人！"源源赞美说，"我说不清这诗好在哪儿，可听起来总觉得有一种崇高的味道。"

"说得对！他是位风格独特的诗人，在中国的现代诗坛上影响很大。他的诗还被翻译成英、法、俄、日等十几种文字。——智利大诗人聂鲁达就称艾青为'中国诗坛的泰斗'呢！"

沛沛想了想，问爷爷："刚才您说闻一多称赞了谁的诗？"

"是田间。——艾青像是号手，田间更像是鼓手。他的诗节奏鲜明，语言干脆，字字有力，真像鼓点似的，最适合战士的脚步。读读《给战斗者》这段：

我们

必须

战争了，

昨天是愤怒的，

是惨呼的，

是挣扎的

四万万五千万呵！

斗争

或者死……

我们

必须

拔出敌人底刀刃，

从自己底

血管。

　　"这是一首长诗的片段，那正是1937年抗战全面爆发的时候。诗人擂响了战鼓，他的笔，就是鼓槌！

　　"田间的诗有不少短篇。篇幅虽短，道理却说得非常透彻，例如这首《假使我们不去打仗》，只有短短的六行，其中的一行还只有一个字：

假使我们不去打仗，

敌人用刺刀

杀死了我们，

还要用手指着我们的骨头说：

'看，

1943年，参加晋察冀边区第一届参议会的文化界参议员，左一为
田间

这是奴隶！'

"读了这样的诗，哪一个血性男儿还坐得住呢？这比长篇大
套的演讲，还要有力而形象！

"田间（1916—1985）原名童天鉴，是安徽无为人。从小生
长在农村，十四岁以后到无锡、南京、上海等地去求学，并迷上
了写诗。

"他有长诗《中国·农村的故事》，其中包括《饥饿》《扬子
江上》和《去》三部分。那是他献给中国农民的一篇大诗作。

"1937年，他去了日本，在那里辗转接触了苏联马雅可夫斯基的街头诗作品，那种短促有力的诗风，倒很对他的胃口。——以后他回国参加了八路军，在抗日宣传中，就运用过街头诗的形式。像《义勇军》《假使我们不去打仗》，就都能看出马雅可夫斯基的影响来。

"正因他的诗朴实、干脆、节奏急促、铿锵有力，闻一多先生称他是时代的鼓手，说他的诗'鼓舞你爱，鼓动你恨，鼓励你活着，用最高限度的热与力活着'。——这评价真不低！"

第 **24** 天

曹禺：雨后
日出照舞台

万公馆培养出戏剧家

"那天我向爸爸说起巴金，他说，巴金的《家》《春》《秋》都拍过电影。《家》还由戏剧家曹禺改编成话剧。"沛沛一面替爷爷沏茶，一面说。

爷爷笑着说："对，我带你爸爸看过那出话剧，那时他还小呢，才这么高。"沛沛和源源都笑了，他们怎么也想象不出，沛沛的爸爸没有桌子高时，是个什么样子。

"今天就说说曹禺吧，在中国现代话剧界，他是当之无愧的大师。

"曹禺（1910—1996）本名叫万家宝，祖籍湖北，出生在天津。他的祖父是位清贫的教书先生，父亲却赶上了机会，清末被国家派到日本士官学校读书。回国后正值辛亥革命，被授予中将军衔，还当上总统黎元洪的秘书。后来虽然赋闲在家，过的却是阔绰的寓公生活，住的是洋楼，家中仆役成群。

"曹禺一生下来，母亲就去世了。父亲脾气暴躁，常在饭桌上训斥孩子。幸而继母待家宝很好——她是家宝的亲姨，自己没有孩子，把家宝当成了亲骨肉。继母爱看戏，家宝跟着她出入戏园子——在家宝的小心眼儿里，戏剧就是在那时扎下了根。

"保姆段妈对家宝的影响也挺大。段妈是乡下人，经历过许多惨痛的事。从她嘴里，小家宝知道万家公馆外面还有那么多吃不饱穿不暖的穷苦人。贫富不均的社会现象，在小家宝心中激起了不平与义愤，这种义愤始终贯穿在他日后的戏剧创作中。"

曹禺

趁爷爷喝茶的工夫，沛沛插嘴说："我看曹禺和巴金的身世有点儿相似：都出生在官僚家庭里，又都自幼丧母，跟轿夫啊保姆啊有感情，从他们那儿学到了人生道理。"

爷爷点点头："曹禺小时没进学校，因为家里请了家庭教师。不过父亲并不反对孩子读'闲书'，像《红楼梦》《水浒传》《镜花缘》那些小说，他早都读遍了。父亲还让他到'译学馆'学习英语，这使他以后能顺畅地阅读外国作品。

"十三岁以后，他插班进了南开中学读初中。五年后毕业，又升入南开大学经济系读预科。可经济学提不起他的兴趣，他更爱文学。

"一年以后，他又考入清华大学西洋文学系。——你们一定还记得，闻一多、梁实秋、朱湘等都是清华毕业的。不过曹禺进校时，他们已经毕业多年。

"读罢本科，曹禺又升入清华研究院，专门研究戏剧。——

从南开到清华，他对戏剧的兴趣，是越来越浓厚了。

"当时的话剧，还是个新事物。而南开中学正是演剧活动的中心。曹禺从那时起就亲自动手翻译、改编剧本，还常常登台参加演出。由于缺少女演员，曹禺有时便男扮女装，居然演得很棒！

"上大学后，他又读了大量外国戏剧原著。古希腊的悲剧、莎士比亚的戏剧，都让他读得入迷。他心里开始萌生写剧本的念头，他的第一个剧本，就是在清华大学的图书馆里写成的。

"不错，就是那部名声响亮的话剧——《雷雨》。"

周家的伦理错位

《雷雨》共四幕，写的是一出旧家庭的悲剧。这是个阴森森的富豪之家，主人周朴园五十多岁了，金丝眼镜的后面，一双眼睛永远闪着威光。他拥有一座大矿山，单看家中的摆设排场，就知道矿山给他带来多少金钱利润！

可是有钱就幸福吗？在这个家里，没人跟他说知心话。他的妻子繁漪（yī）比他小二十岁。——他先头的妻子早死了，至今他的卧室里还挂着她的照片呢。

繁漪跟他没感情。论岁数，他当她的父亲都差不多啦！加上他永远摆着那副家长面孔，对妻子不是命令就是训斥，有谁受得了？

在这死气沉沉的家中，繁漪被折磨得快要发疯啦。她在孤单寂寞中，竟疯狂地爱上了周朴园的大儿子周萍。虽说那是前妻所生，可按名分，那可是她的儿子啊！

周萍二十七八岁，长得一表人才，整天无所事事，专会在女人身上下功夫，先是跟继母不明不白，这不，他又把家中使女四凤骗到了手。四凤才十八岁，是个健康、活泼又天真的少女。不但周萍喜欢她，二少爷周冲也爱着她呢。——周冲是繁漪生的，才十七岁，还在上学。

四凤的爹鲁贵是周家公馆的仆人，四凤到这儿当使女，就是他带来的。鲁贵是个奴性十足、贪婪而卑鄙的家伙，周家的事，都瞒不过他。他知道女儿跟大少爷有瓜葛，就总是涎皮癞脸地朝女儿要钱，好去还赌账。

四凤还有个哥哥鲁大海，现在就在周家的矿上做工。他参加了矿上的罢工，还当了工人代表——如今正在周公馆的门房里，等着董事长接见呢。

《雷雨》剧照

鲁大海不是鲁贵的亲儿子，是母亲改嫁时带到鲁家来的。——母亲侍萍在外地一所学校里当校役，如今，她应繁漪之邀，也来到了周公馆。

繁漪干吗要请侍萍来呢？是要跟她谈辞退四凤的事。表面上的理由，是怕她跟二少爷周冲搅在一起，门不当户不对。其实呢，繁漪的真正目的是赶走四凤，好拉住大少爷周萍！

"雷雨"欲来风满楼

侍萍来到周家，看到熟悉的家具摆设，恍惚间竟有一种似曾相识的感觉。及至看见墙上挂的"已故太太"的照片，她全都明白了！

三十年前，周家在苏州，还没搬到北方来。周家少爷周朴园诱骗了家中使女，先后生下两个男孩儿。

以后周朴园要跟一位阔小姐成亲，竟在除夕风雪夜把使女逼走，还让她抱走病得要死的小儿子，只把大儿子留在周家。——以后听说，那使女跳了河！

其实使女没死，当年她被人救起，远走他乡，又嫁了两次人，最终到了鲁家。——她就是四凤和鲁大海的妈妈侍萍，同时也是周家大少爷周萍的生母！

侍萍怎么也没想到，女儿四凤竟是在周家做工。可没想到的事还在后头呢。

终于，侍萍跟周朴园在书房里见面了。三十年风吹霜打，周朴园早已认不出她了。可是影影绰绰的，又觉着在哪里见过。——

人非草木，孰能无情？当周朴园喊四凤拿衬衣时，侍萍忍不住说：是袖子上烧了洞，又绣了梅花的那件吧？——周朴园终于认出了她！

多少年来，周朴园的良心也一直受着谴责呢。要不然他的书房里干吗还挂着她的照片呢？可是侍萍一出现，他首先想到的却是：你到底还是找来了！他说：痛痛快快的，你要多少钱吧？——侍萍说什么呢？她冷笑说：三十年我一个人都过了，现在我反而要你的钱？

周朴园终于认出了侍萍

周朴园拿出一张五千块的支票给她，侍萍接过来，当面撕了！——她只想看看她的萍儿。

她看见了她的萍儿，可那场面太叫她伤心啦！那是在鲁大海来见周朴园的时候。大海当面揭穿周朴园当年包修江桥，发死人财的丑事。周萍为了维护父亲的尊严，竟伸手打了鲁大海！

周萍和大海可都是她侍萍的亲骨肉啊！——起风了，这是雷雨的前兆！

鲜活生命，为谁而逝

鲁贵和四凤都被周家辞退了。周萍当然不肯放过四凤，天黑后，他醉醺醺地越窗而入，闯进了鲁家。又同四凤逃进了风雨中。他要带四凤走——爹爹已经给他在矿上安排了工作，他今夜就要乘火车动身了。

可繁漪不放他——周萍一走，她繁漪怎么办？这个家，她是再也待不下去啦！

就在两人争执不下时，鲁大海闯了进来——他是来找妹妹的。一会儿工夫，四凤也来了。紧跟着，母亲侍萍也追踪而至。

事到如今，四凤、周萍只好公开了两人的关系：四凤已经有了三个月的身孕，他们只求侍萍放他们一块儿走。

侍萍马上要晕倒了：这两个孩子，可是亲兄妹啊！不过事已至此，又叫当妈的怎么办？她痛苦地挥了挥手："你们要走，最好越走越远，不要回头！无论生死，永远不要再见我了！"——这话出自母亲之口，带着泪，也带着血！

可是有人不答应，那就是繁漪。她歇斯底里大发作，当众揭

侍萍与四凤

出周萍跟自己的暧昧关系，还派人锁了大门，又叫来了周朴园。

周朴园下楼，一眼先看见了侍萍。他说：你到底还是回来了！他逼周萍给生母磕头。周萍怎么也没想到，这位穷苦妇人竟是自己的母亲！他嚷着："不是她，爸，不是她！"周朴园厉声喝道："混账！不许胡说！她没什么好身世，也是你的母亲！"

四凤再也忍不住了，喊了一声"天啊"，跑进暴雨中的花园。花园里传来惨叫声——她碰上脱落的电线，触了电，连同追出去的周冲一同丧了命！

几乎是同时，书房里传来一声枪响：周萍没脸再见人，他开枪自杀啦！周朴园和繁漪呼喊着跑进书房。——大幕此刻缓缓落下……

这年曹禺二十四

不用说，这是一出大悲剧。周、鲁两个贫富悬殊却又牵藤挂蔓的家庭，一个晚上就这么彻底毁掉啦！好几个活生生的年轻人死于非命，在惊雷闪电之中，那么完满而有秩序的周公馆，竟暴露出这么多可怕的丑事。而这个恶果子，正是由周朴园一手栽下的孽根长出来的！

表面上，周朴园道貌岸然，是这个家庭的偶像与权威。可是随着剧情的发展，他的本来面目，渐渐暴露出来了。

原来他年轻时是那样的荒唐和无情。他的万贯家财，也是他包修江桥时，故意淹死成千小工，又克扣他们的卖命钱刮来的！他压根儿就是一个虚伪卑劣、专横自私、残酷无情的暴君。作者最终给他安排了家败人亡的结局，正是出于对他的痛恨！

周萍是他的儿子，继承了他的荒唐性格。从周萍身上，我们仿佛看见了当年的周朴园。可跟他爹比起来，周萍又缺少魄力，性格懦弱，心灵空虚。他寻求刺激，又毫无责任心，及至干下错事，又想一走了之。终于毁了自己，也毁了别人！

繁漪呢，性格更复杂。她表面文弱，内心却烧着一把火。她不甘就这么陪着阎王般的丈夫，在这个坟墓里埋没自己的一生。可她反抗命运时，却走错了路。不正常的爱情关系，使她变得神经质。她拼命抓住周萍不放，就像一个要淹死的人，抓住另一个不会水的，那结果只能使悲剧来得更快更惨！

此外，侍萍、四凤、周冲，还有那个奴颜婢膝的鲁贵，也都给人留下深刻印象。——至于鲁大海，他象征着无产者吧。在周家子弟中，只有他没有卷进悲剧。他虽然不是剧中主角，但作者的意图很明白：要想掀起一场雷雨，扫荡世上的污浊，还得靠鲁大海们！

青年曹禺

剧本写出后，曹禺并没急着发表。以后巴金看到了，非常欣赏，不顾自己正在病中，亲自编辑、校对，把它发表在《文学季刊》上。"曹禺"这个笔名，也是在这时第一次使用。

不过《雷雨》首次搬上舞台，却是在日本东京。那是由在日本的中国留学生首先排演的。戏上演后，日本人惊叹说：中国戏剧已经超越了梅兰芳阶段，这太让人羡慕啦！

郭沫若也是在东京看到演出，并写文章大加赞扬。以后国内也掀起排演《雷雨》的热潮。不但各话剧团纷纷排练，许多地方戏也纷纷移植排演。有人说：1935年，戏剧进入了《雷雨》时代。——这一年，曹禺才二十四岁。

陈白露在日出前死去

紧跟着，二十七岁那年，曹禺又发表了另一话剧名作——《日出》。跟《雷雨》不同的是：《日出》的背景不再是一个封闭的旧式家庭，而是人来人往的大旅社。三教九流轮流出现在舞台上。而他们的活动，全都围绕着一个名叫陈白露的漂亮女人。

陈白露的身份是那个时代特有的"交际花"。旅馆一间最豪华的房间，就是她的"家"。她花钱如流水，账单一来就是一厚叠！——可是别着急，自有人替她来付账。

她认识的人里，不是银行大佬，就是留洋博士，要不就是有钱的阔太太。她整天陪他们跳舞、打牌、吃喝玩乐……玩到凌晨四五点是常有的事。

有个叫方达生的年轻人来找她，他是她从前的好朋友。——看到从前那么天真烂漫的姑娘，如今已堕落成这个样子，方达生痛苦极了。

他劝陈白露跟他走，白露拒绝了——她在这个纸醉金迷的环境里，已经陷得太深啦。离开方达生的这几年，她也恋爱过，还

《日出》剧照

跟一位热情似火的诗人组成家庭，有过孩子，但随着爱人的出走、孩子的夭折，她的理想破灭了。从此她开始堕落，变成这么个舞女不是舞女、娼妓不是娼妓、姨太太不是姨太太的特殊人物……她已经不能自拔。

然而在她心里，对美的追求、对弱小者的同情，并没有完全泯灭。旅馆楼上有个被逼做妓女的小姑娘从虎口里逃了出来。白露不惧怕流氓头子金八爷，把小姑娘藏在自己的房间里。

可是面对虎狼横行的社会，她的这点勇气与同情心又管得了什么？小姑娘到底还是被人抓走，送进下等妓院，最终上吊自杀了！

白露对这一切终于厌倦了。她的靠山银行家潘月亭也破了产。她终于在黎明之前，太阳就要升起时，吞下了过量的安眠药，永远地睡去了……

他们挣扎在黑暗中

潘月亭也是剧中的重要人物。他头发已经斑白，儿子也二十多了。可他整天离不开白露，在她身上没少花钱。他开着一家大银行，资金雄厚，眼下还盖着一座大楼呢。可他的秘书李石清却知道他的底细——银行亏损严重，连地产也都抵押出去了。他拿了大量资金在公债投机交易中孤注一掷，结果一夜间成了负债累累的穷光蛋，他哪里还管得了陈白露？

李石清是个野心勃勃的小人物。为了能有朝一日出人头地，他使尽了手段、操碎了心！他偷开经理的抽屉，探听生意上的秘密。为了联络感情，他逼着老婆陪经理他们玩牌。他整天守在银行里，孩子病危也不回去一趟！

他使出卑劣手段挟制潘月亭，终于当上了银行襄理。——可潘月亭比他老辣多了，到底把他耍啦！他儿子死了，职位没了，手里捏着潘月亭甩给他的二十块钱，跟对方扭作一团！

别以为李石清可怜，还有比他更可怜的呢。——黄省三是银行里的小职员，多少年来，他替银行抄抄写写，忙得头也抬不起来。

他得了肺病，眼看没几天活头啦。可他还得拼命干，因为他家还有一堆没娘的孩子呢。他辛辛苦苦干一个月，行里只给他十二块五毛钱。可如今，就是这十二块五毛的卖命钱，行里也给"捣"啦！

他找李石清说情，李石清却连损带挖苦，说：你可以去偷啊！你若是连偷的勇气都没有，就只好去跳楼啦！他又找到潘经理，潘经理让他滚，还当胸一拳，把他打倒在地。最后他拿了潘经理给的三块钱买了毒药，亲手药死了自己的孩子——他已经疯啦！

"损不足以奉有余"，也就是剥夺穷人的最后一点钱财，去为财主们锦上添花，这就是作者在戏中所要表现的核心思想！在这样一个大鱼吃小鱼的混浊社会里，任何一个还有人心的人，又怎么能心安理得地生活下去呢？

陈白露没有勇气往前走，她只好去死。听听她死前朗诵的那首诗："太阳升起来了，黑暗留在后面。但是太阳不是我们的，我们要睡了。"这是她为自己，也是为她们那个阶层的人唱挽歌呢。

阳光照进了旅馆的窗子，屋外传来建筑工人的号子声："日出东来，满天的大红！要想吃饭，可得做工！……"

为了把剧本写得更真实，曹禺下了很大功夫。他曾换了旧袍子，无数次跑到下等妓院那种可怕的地方，跟流氓地痞们打交道。有一回，一个流氓头子对这位混到他们中间的读书人产生了怀疑，差点儿打瞎他的眼睛！——正因为对社会上下有着深刻的了解，剧本的批判才能如此尖锐而有力！

血色"原野"

1936年始，曹禺在南京国立戏剧专科学校任教。他的又一个剧本《原野》问世了，那是个完全不同的戏，讲的是个惊心动魄的复仇故事。

年轻精壮的农民仇虎出现在焦家，跟幼时的玩伴儿焦大星见了面，这让大星那瞎眼的娘心中暗惊！

一切都源于十年前的一场恩怨：大星的爹爹、时任军阀部队连长的"焦阎王"活埋了仇虎的父亲，霸占了他家的地，烧了他家的房；仇虎的妹妹被卖到妓院，并惨死在那儿！仇虎的未婚妻金子也被迫做了大星的媳妇——只有仇虎逃出去当了"强盗"。

仇虎被官府抓住，又从押解的火车上跳了车——他是专门来找焦家报仇的！

如今焦阎王已死，可他的儿子还在。仇虎跟大星举杯痛饮，然后狠心杀死了这个老实懦弱的旧日朋友。——谁让他是仇人之子，又跟自己有夺妻之恨！

心思狠毒的焦母早有预感。她半夜摸到仇虎床前，举起铁拐杖狠狠砸下去，结果却发现：打死的竟是自己熟睡中的孙儿小黑子！

《原野》剧照

大仇已报的仇虎带着金子逃向原野，但在黑森林中，他总也躲不开那提着红灯的瞎眼老太婆——她一声声叫得好不凄厉："回——来呀，黑——子，我的小孙孙，我的小命根啊！"

仇虎终究没能摆脱侦缉队的围捕。他催金子快走，去找他的弟兄们——然后一刀插进自己的心窝⋯⋯

曹禺通过这个戏想说明什么？是歌颂反抗，还是反思冤冤相报永无尽头？对此，人们至今争论不休。不过看了这戏的人，没有不感到震撼的。让人震撼的不仅是惨烈的社会现实，还有人在非常状态下所表现出的复杂情感和本性！

剧中情节大多是在黑夜展开，带着血腥，令人惊悚。唯一的亮点是怀了身孕的金子独自逃出，去寻找仇虎口中那"黄金子铺的地方"⋯⋯然而那地方真的存在吗？

抗日战争全面爆发，曹禺随着剧校先后迁到了长沙、重庆。为了鼓舞抗日军民的斗志，他与人合作写了《全民总动员》，又独立创作了四幕剧《蜕变》。

《蜕变》在"孤岛"上海演出时，演员的道白常被雷鸣般的掌声打断。当台上的丁大夫讲到"中国中国，你是应该强"的时候，台下的爱国口号此起彼伏，整个剧场都沸腾了！

《北京人》：又一个大宅门故事

1940年，曹禺的另一部话剧名著《北京人》又问世了，剧中演的是发生在旧北京一个旧式大家庭中的故事。

这家人姓曾，老太爷曾皓六十多岁了，守着当大官的祖上置下的房产，过着清闲日子。表面上看，这个家庭还维持着旧日的气派，可内囊早已出问题了。

老太爷是个自私鬼，他最关心的，是他早就预备好的那口楠木棺材。每年他都张罗着给棺材刷几道漆，如今已经刷了一百多道了！在他心里，棺材成了他的命根子，比一切活人都重要得多啦！

《北京人》的剧本封面

别说曾皓一辈子坐吃山空没出息，他的子孙们比他更没出息。就说他的儿子曾文清吧，人挺聪明，琴棋书画全拿得起，谈起饮茶之道，他能给你说上半天。可他懒散惯了，又染上抽大烟的恶习，整天在家里一点事不做，简直就是个废人！

文清还有个病妹妹文彩，也住在娘家。她的丈夫江泰本是个留学生，做过官，在任上亏了钱，受到通缉，如今也一块儿住在曾家。——这个官场上的失意者，整天喝酒、摔东西、发牢骚、骂人！他跟文清倒也有一致的地方：都是生活的失败者、旧制度造就的废物！

没落家族，谁来陪葬

整个曾家，由文清的妻子思懿掌握着。她是个自私而刻薄的女人，逢人就诉苦，仿佛她在这个家受着多大委屈似的。其实她把丈夫控制得牢牢的，又总想从公公那儿弄钱花。

她还欺负曾老太爷的外甥女愫方，因为她知道愫方是丈夫心里真正喜欢的女人。——愫方是个孤苦伶仃的女子，三十几岁还没出嫁，寄居在曾家，被自私的曾老太爷当成了"拐棍儿"，全不考虑她的终身大事。

思懿对儿媳瑞贞就更不客气，永远是恶声恶气的。——对啦，别看文清夫妇还不到四十，他们的儿子曾霆已经娶了媳妇。

这一对小夫妻，一个十七、一个十八，还都是孩子呢，懂得什么感情？这可就苦了瑞贞了：上有恶婆婆，下有不懂事的丈夫，要不是有愫方护着，简直就没有活路啦。

一家子坐吃山空，却还搭着"上等人"的架子。——然而债主成天堵着门要账，有时竟逼到请客的饭桌前。曾府的排场，还能维持几天？

这一天终于到了，曾家面临着抉择：要不就卖房，要不就卖棺材！买主是邻居杜家，那是个开纱厂的暴发户。

棺材到底让人抬走了，直到最后一刻，曾老太爷还心存幻想，盼着女婿江泰能找到他那当警察局长的朋友，挽回局面呢。

江泰还真带着警察回来了，准确地说，是让警察押回来的——他已堕落到偷东西的地步啦！

文清呢，他本来鼓足勇气，要到外面混出个人样儿来，可不久又垂头丧气地回来了。他这个人啊，是彻底完啦！

愫方本来还对他抱着挺大希望呢，这下子也寒了心，终于决定离开这个家。一同离开的，还有思懿的儿媳瑞贞。——他们干

《北京人》剧照

吗要替这个没落的大家庭陪葬呢？

在最后一幕，文清的房中传来了一声怪响。文彩骗老太爷，说是闹耗子——其实那是文清吞鸦片自尽啦！

"莎士比亚"不再看大门

源源和沛沛听得那么专心。沛沛问："这出戏干吗叫《北京人》呢？"

爷爷说："剧中有位袁先生，是曾家的房客。他是研究北京猿人的专家，思想开明，代表着新生力量。——瑞贞、愫方她们，就是随袁先生一块离开的。

"这里有这样一层对比：曾家是现代的北京人。而袁先生所研究的，是人类的老祖宗——原始的北京人，也就是'北京猿人'。可现代北京人受着礼教的束缚，一个个成了废物，还不如充满活力、无拘无束的'北京猿人'呢！

"听听袁先生对'北京猿人'的描述吧：'那时候的人要爱就爱，要恨就恨，要哭就哭，要喊就喊，他们自由地活着，没有礼教来拘束，没有文明来捆绑，没有虚伪，没有欺诈，没有阴险，没有陷害，太阳晒着，风吹着，雨淋着，没有现在这么多人吃人的礼教同文明，而他们是非常快活的。'——这说的哪里是原始人，分明是为未来的北京人画出的一幅美好的蓝图。"

沛沛问爷爷："曹禺后来写过新剧本吗？"

"写过啊。1946年，曹禺和老舍一道应邀到美国去讲学，只去一年就回来了。1949年，他跟叶圣陶等人一道回到了北京，并投身到各种文化活动中，还写出《明朗的天》《胆剑篇》等剧本，由北京人民艺术剧院演出。顺便提一句，曹禺可是北京人民艺术剧院头一任院长啊。

曹禺是北京人民艺术剧院的第一任院长

"不过有那么一段日子，曹禺被打成'反动学术权威'，下放到剧院去看大门、扫院子。有家外国报纸这样报道说：中国的莎士比亚成了看大门的啦！

动乱过后，曹禺也焕发了青春。为了完成《王昭君》这个剧本，年近七十的他不辞辛苦到新疆去收集材料，终于将这出早就动笔的戏写完。这个戏歌颂了民族间的交流与融合，以往昭君题材中那悲悲切切的情调，被作者的一支笔一扫而空啦！

"曹禺不愧是一代戏剧大师，他在中国现代戏坛上所做出的成就，几乎无人能比。他的剧作不但在中国尽人皆知，就是在世界舞台上，也获得了很高声誉。称他是中国现代的莎士比亚，他是当之无愧的！"

第 25 天

丁玲、立波，
笔底风云

附柔石、殷夫、
萧军、萧红等

柔石《二月》：世上哪有桃花源

"活跃在20世纪三四十年代文坛上的作家，有成就的还有不少。但他们的政治立场、创作风格，却不很一致。——在那个动荡的时代，这也是很正常的事。

"像蒋光慈、柔石、殷夫、胡也频，都是30年代的'左翼'作家。张天翼、沙汀、艾芜等，也属于'左翼'作家的阵营。而萧军、萧红等进步作家，也都值得在文学史上写下一笔。

"到20世纪40年代，值得注意的是解放区的小说家们。他们中的一些人，如丁玲、周立波，原来也都是'左联'中的活跃分子；到了解放区，又做出新的成绩来。"

听爷爷这番话，沛沛忽然想起几年前看过的一部电影："有一部电影《早春二月》，仿佛就是根据柔石的小说改编的吧？影片中的江南小镇风景真美，简直就是世外桃源。

"男主人公是个叫萧涧秋的年轻人，到小镇上来当中学教员。他同情一位学生家长文嫂，那是个贫苦的寡妇，她的丈夫牺牲在北伐战场上。萧涧秋决定和文嫂结婚——不是为了爱，只是出于同情。可校长的妹妹陶岚正在热烈地追求他呢。

"陶岚是'五四'新女性，有知识，有理想，讨厌平庸世俗的一套，做起事来我行我素，才不在乎别人说什么呢！——萧涧秋夹在当中，真有点儿不知所措啦。

"文嫂大概不愿意拖累萧涧秋吧，再加上世俗偏见的压迫，她终于卜了吊！出了这样的事，萧涧秋自然也待不下去了，他离开了小镇。陶岚呢，也紧跟着

根据柔石小说《二月》改编的电影《早春二月》海报

追他去了。——影片虽然没交代，但观众都能感觉到：他们离开这看似平静的世外桃源，是要投身到轰轰烈烈的社会革命中去吧？"

爷爷点头说："这正是根据柔石的中篇小说《二月》改编的。小说写的是革命大潮中知识分子的苦闷与彷徨。

"柔石（1902—1931）原名赵平复，是浙江宁海人。他从小家境困难，中学也没读完，是靠着自修走上文坛的。

"北伐军打到浙江时，他创办了宁海中学，还出任了宁海教育局局长呢。大革命失败后，他避居上海，认识了鲁迅，以后

又加入了'左联'。——他是被国民党当局秘密杀害的，死时只有二十九岁！

"同时遇难的共有五位，就是被称作'左联五烈士'的。鲁迅那篇《为了忘却的记念》，就是为此而做的呢。"

"五烈士的另外四位又是谁？"源源问。

柔石

殷夫：信仰胜亲情

你问这个吗？他们就是刚才提到的殷夫、胡也频、冯铿和李伟森。——殷夫（1909—1931）原名叫徐柏庭，另外还有个笔名叫"白莽"。他是诗人，诗作大多收在诗集《孩儿塔》中。

他的诗往往以直白的语言，表达坚定的信念。他说："未来的世界是我们的，没有刽子手断头台绞得死历史地演递！"

鲁迅曾为他的诗集写过序言，称他的诗"是东方的微光，是林中的响箭，是冬末的萌芽，是进军的第一步，是对于前驱者的爱的大纛（dào），也是对于摧残者的憎的丰碑……这诗属于别一世界"。

匈牙利诗人裴多菲有一首诗，一开始鲁迅以为也是他翻译的："生命诚可贵，爱情价更高。若为自由故，二者皆可抛。"后来才知道，那是他哥哥翻译的。他哥哥是位国民党高级军官，殷夫几次被捕，都是哥哥保他出狱的。——可这哥儿俩走的却是两条路。

殷夫曾写过一首诗：《别了哥哥》，向培养他、关照他的哥哥做最后的告别。他爱哥哥，但为了信仰，他毅然跟哥哥分道扬镳：

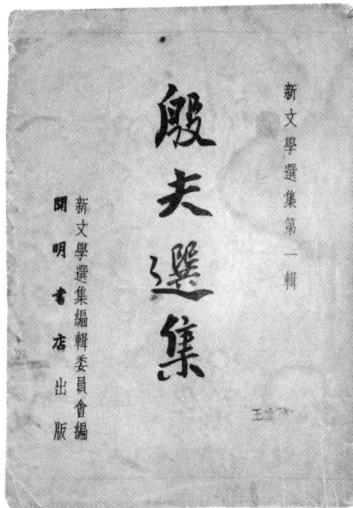

《殷夫选集》

> 别了，哥哥，别了，
>
> 此后各走前途，
>
> 再见的机会是在
>
> 当我们和你隶属着的阶级交了战火。

这种坚定的信仰，真的令人感动！

五烈士之一的胡也频（1903—1931）也是"左联"成员，写过长篇小说《光明在我们的前面》等。

另一烈士冯铿（1907—1931）是位女性，又名岭梅，也因参加"左联"跟柔石、殷夫一道被捕，死于龙华监狱。她留下的唯一作品《重新起来》，直到20世纪80年代才出版。

丁玲成名作：《莎菲女士的日记》

这就要说到丁玲了，她是五烈士之一胡也频的妻子。

丁玲（1904—1986）原名蒋伟，字冰之，出生在湖南临澧县一个大户人家。爹爹死得很早，她跟着母亲住在舅舅家里。母亲是个十分开明的女性，通过母亲，她认识了好几位有名的女革命家。

十八岁时，丁玲到上海读书，以后又到北京求学，还在北大当过旁听生呢。她跟胡也频结婚，就在这段时间里。

二十三岁那年，她发表了第一篇小说《梦珂》，引起文坛的关注。第二年，她的另一篇小说《莎菲女士的日记》又在《小说月报》上发表，她的名字一下子响彻了文学界！

在中国文坛上，日记体的小说本来就不多见。一位女作家发表日记体小说，向读者坦陈自己的生活与爱情，就更是少有的事了。

日记的主人莎菲是个十九岁的南方姑娘，受了"五四"新思潮的影响，独自一人到北京来寻求人生理想。——可是"五四"过后的北京，她寻求的热烈生活又在哪儿？更让她困惑的，是她所追求的理想爱情。

青年丁玲

她是个崇尚个性解放的女子，在她看来，男子可以追求女性，女性当然也可以选择男子。可是有一次，她给一个男性朋友连写了八封长信，那位男性朋友竟装聋作哑。这对姑娘的自尊心，可是个不小的打击！

倒是一个她不爱的男人，爱她爱得发狂。他叫苇弟，性情温和却又过于懦弱，只会握着她的手，叫几声"姊姊"，或是把眼泪一颗颗掉在她的手背上。——这样的男人怎么能做丈夫呢？当个小弟弟还差不多！

莎菲喜欢上了另一位——凌吉士，那是个新加坡富商的儿子，高高的身材，风度翩翩，仪表不俗。莎菲大胆地盯着他看，还在日记里写道：我要占有他，我要他无条件的献上他的心！

然而，莎菲很快发现，在凌吉士那优雅的外表下面，藏着的却是卑俗的灵魂。这离莎菲的理想实在太远。尽管莎菲很难摆脱对他的迷恋，但最终还是选择离开……

小说一发表，立刻引起了争议：有人赞扬作者的大胆与开放，有人则批评莎菲是在"玩弄男性"。——这种褒贬不一的热闹劲儿，跟当年郁达夫发表《沉沦》时有些相似呢。

只是小说里的莎菲到底也没找到人生真谛，这正反映了知识分子在"五四"落潮后的迷茫困惑。

日照桑干说"土改"

不过生活里的丁玲，却是很快找到了前进的方向。她跟胡也频一同参加了"左联"，成了左翼文学运动中的"穆桂英"啦！——胡也频遇害后，她不但没有退缩，立场反而更加坚定。

不久，她也被关进了南京监狱。三年后一出狱，她便去了陕北红色根据地。

在陕北，她受到热烈欢迎，当选了"中国文艺协会"主席，还做了红军中央警卫团的政委呢。

以后她还编过报纸，参加过延安文艺界的各种运动，并长期到农村、工厂体验生活。——这位《莎菲女士日记》的作者，再也不是单纯追求个性解放的城市小姐，一变而为能文能武的革命女作家啦。

不过丁玲最著名的小说，还是那部长篇《太阳照在桑干河上》。这是作者1948年创作的，写的是1946年解放区土改的事。

桑干河又称卢沟，也就是永定河。书中写的暖水屯就在永定河边。小说开篇，土改运动还没开始，可家中有土地、有果园的富人们已经坐不住了。农民们也都议论着：共产党帮穷人闹翻身，有钱人要倒霉了！

村里的地主有好几家呢。像李子俊、江世荣、侯殿魁，还有伪乡长许有武……这伙人心里全都七上八下，只有钱文贵胸有成竹——他是这一带最阴险凶恶的地主，虽然没当过村长，可哪届村长不得听他的？

丁玲在延安

他还暗中勾结日本人，是个地道的汉奸。——不过他最会看风使舵，见共产党成了气候，他马上送儿子参加了八路，又把女儿嫁给了村治安委员张正典。

他还让侄女黑妮去勾引农会主任程仁，只是黑妮坚决不肯。他又搞假分家，把土地分散，好混进中农堆儿里……

土改工作队的队长文采是个"书呆子"，只看表面现象，不做深入调查。他说，既然找不出罪大恶极的地主，就不一定非搞斗争了。——他这么一说，群众就更松懈了。

工作队员杨亮和本村支书张裕民却不这么认为。他们知道，农民最恨的就是钱文贵这样的地主。不把他挖出来，农民就发动不起来。不久，县宣传部部长章品来到了暖水屯——抗战时，他是第一个到暖水屯来的八路军，张裕民就是他发展的党员。

在章品的支持下，村干部统一了思想，决定先把钱文贵抓起来。治安委员张正典也因包庇岳父被撤了职。农会主任程仁呢，他心里想着黑妮，因而对钱文贵总也恨不起来。如今他端正了态度，头一个上台揭露钱文贵的阴谋。

农民终于发动起来了，地主们再也不敢心存侥幸，纷纷把地契交了出来。农民们分得了土地和财物，一个个欢天喜地。

正值八月中秋，村里开起了庆祝会。许多人争着报名上前线、修战壕——他们要用实际行动来保卫自己的胜利果实！

丁玲一生的作品还很多，像《一九三〇年春上海》《水》《我在霞村的时候》等。在中国现代文坛上，她是公认的杰出女作家之一。

周立波的长篇《暴风骤雨》

几乎与《太阳照在桑干河上》同时，另一部反映解放区土改的大作也问世了，那就是周立波的长篇小说《暴风骤雨》。——只是丁玲的小说写的是华北的事，《暴风骤雨》中的故事，却发生在东北松花江畔。

巧得很，跟丁玲一样，周立波（1908—1979）也是湖南人，也到上海读过书，也参加了"左联"并曾被捕入狱，在抗日战争全面爆发后奔赴延安。——在那个大浪淘沙的时代，几经革命大潮的冲刷，真金和沙砾，总会各归各类、淘洗分明吧！

周立波到延安后，曾任鲁迅艺术学院的文学教员，以后又随八路军南下抗日。抗战胜利后，又到东北解放区参加了土改运动。长篇小说《暴风骤雨》，就是这时创作的。

小说中的这个村子叫元茂屯。这里的恶霸地主，劣迹可比暖水屯的多多啦。大地主韩凤岐伪满时当过村长，替日本人卖力，专门欺压百姓。由于常提着根大棒子打人，人称"韩大棒子"，又称"韩老六"。

土改工作队还没进村，他就疏散浮财，企图逃避斗争。工作队进了村，他又威吓贫苦农民。有这么个恶霸在村子里，农民们哪里还敢说话？

工作队萧队长很有经验，他

周立波

访贫问苦，培养骨干，发动群众。——赵玉林、郭全海、白玉山这些苦大仇深、朴实正直的农民，就都是经过他的启发培养，站到了斗争第一线。

跟韩老六这样的恶霸地主斗争，不是件容易事。头一回斗争会，就因地主狗腿子捣乱破坏，不了了之。

韩老六家的小猪官因积极参加农会活动，遭到韩老六毒打。恶霸的凶残擦亮了人们的眼睛，公审大会上，农民们一个个上台控诉，群情激愤！

原来这个恶霸手里，竟有二十七条人命！被他强奸、霸占及卖掉的妇女，足有四十多人！——这个罪大恶极的家伙最终被处决。

紧跟着，韩老六的兄弟韩老七带着土匪攻打元茂屯，要替他哥哥报仇。虽然县武装部队及时赶到，消灭了土匪，党的好干部赵玉林却在战斗中牺牲了！——以上是小说上部的情节。

小说下部，元茂屯的形势又有了意外的变化。当萧队长（如今他已当上了县委书记）再次来到屯子时，发现村政权已被坏人把持，贫雇农又遭到了打击迫害。

萧队长重新把积极分子组织起来，这一回，郭全海当上了全村的带头人。他们清算了狡猾的地主杜善人，排除了富农的干扰，纠正了对中农的侵犯，还挖出了潜藏的大特务。农民们分牲口、分土地，兴高采烈，一派欢腾。

分田分畜喜洋洋

小说中"分马"的那一节，是全书中最精彩的场面。郭全海决心让全村农民都分到可心的牲口，不但把没收地主的牲口集中起来，还用挖到的"浮财"买了一批牲口。

郭全海的工作做得细致而周密，谁先挑，谁后拣，都井然有序。分牲口之前，他还做了简单的动员，要大家别忘了这好处是谁给带来的。

同样是挑选牲口，却可以看出各人的思想觉悟、脾气秉性来。赵玉林的妻子是烈属，理应算第一号，可她说家里没男劳力，说什么也不要。第二号是郭全海，别看他对大家的事那么上心，对自己的事却总是随随便便的。这一回，他依旧是随随便便地挑了一匹马。

最有意思的是老孙头，他也是贫农，赶了一辈子大车，常常走南闯北，养成了好吹牛、爱耍小心眼儿的毛病。人家问他打算挑哪匹，他敷衍说："还没定弦。"其实他早看上那匹"玉石眼"啦。

周立波跟老乡攀谈

等叫到他的名字，他便大步流星地迈过去，把这匹眼睛有毛病的栗色小儿马（公马）牵上。有人笑他挑了匹瞎马，他说：这叫玉石眼，是屯子里的头号货色，多咱也不能瞎呀！

然而，那马不老实，他刚一跨上去，就被摔了下来，当众出了丑。他从柴埒里抽了根棒子，抡起来要揍那马，可棒子到半空，却又丢在地下。——他哪里舍得打呢，这可是他自己的马啊！

接下来出了新问题：有个老王太太，没挑到可心的马，垂头丧气的。一心为他人的郭全海，主动要拿自己的马跟她换，她却嫌那马带驹儿，不好养。——总不能让老王太太就这样回去啊，她虽然有些落后，可最近抓回韩老五，全亏她立了功。

郭全海召集积极分子商量办法，问："大伙说咋办？"老孙头也跟着重复一句："大伙说咋办？"——他心里正打着鼓呢，生怕老王太太看上他的玉石眼。不过嘴上说得挺慷慨："我那玻璃眼倒也乐意换给她。"马上又添了一句："就怕儿马性子烈，她管不住。"

看到老王太太真的朝玉石眼走来，他更慌了，却又笑着说："看上了我这破马？我这真是个破马，性子又烈。"又嚷着："别摸它呀，这家伙不太老实，小心它踢你。我才挑上它，叫它摔了一跤。样子也不好看，玻璃眼睛，乍一看去，像瞎了似的。"——你瞧，他不再说"玉石眼"，改称"玻璃眼"啦。

南北两书记，农村记变革

这个老孙头，真是太有意思啦！他心里打着小算盘，嘴上又要说漂亮话，其实他的心思，有谁看不透！

不过话又说回来，刚刚翻身的农民，哪能个个都有郭全海、赵玉林那样的觉悟呢？这个人物是活生生的，真实的。他的言行，还反衬出郭全海等人的大公无私来。——后来还是积极分子老田头跟老王太太换了马；郭全海呢，他答应自己的马下了马驹，送给老田头。

小说最后，在郭全海的带动下，全屯四十几个青年参了军。屯子里所有的乐器都响起来，锣鼓喇叭，加上小学校的洋鼓军号，小说也在欢送参军青年的热烈气氛中结束了。

作者周立波虽是南方人，可他笔下的元茂屯却是个地道的东北村庄。书中人物一张嘴，也都是浓浓的东北味儿。不知道的，还以为作者是土生土长的东北人呢。这全是作者深入生活、长期观察体验的结果。

就说分马这段吧，作者介绍他的创作经验时说：在土改期间，我留心了各种马匹和农民对于马匹的议论。往后写这类事情时，就感到左右逢源、得心应手，笔下有用不完的印象、趣语和行动。

中华人民共和国成立后，周立波还创作了另一部著名长篇

根据《山乡巨变》编绘的连环画

《山乡巨变》。那依旧是一部农村题材的作品，写的是农业合作化运动，背景则是湖南山村。故事依然是曲折的，人物也依旧是富有个性、多姿多彩的。可全书的湖南风味那么浓郁，使你简直不敢相信，它的作者跟《暴风骤雨》竟是同一个人！

把这两部书连起来读，不但可以使我们对中国农村的历史性巨变有一个完整的认识；对作者的才能，也会有更全面更深刻的了解呢。

萧军萧红，都不姓萧

现代文坛上富于传奇色彩的人物和故事还有不少。就说萧军、萧红吧，他们的爱情经历，也可以写成小说呢。

其实这二位都不姓萧。萧军（1907—1988）原名刘鸿霖，是辽宁义县人。萧红（1911—1942）原名张迺（nǎi）莹，是黑龙江呼兰人。

萧军是文人队伍里很特别的一位。他身强力壮，最爱习武打拳，曾在东北陆军讲武堂上过学，眼看就要当上军官，可在毕业前夕因打抱不平，跟教官干了一架，结果被学校开除了。

萧红

以后他弃武习文，写起小说来。"九一八"事变后，他还在吉林组织过抗日义勇军呢。——他的著名小说《八月的乡村》，反映了东北抗日游击队的活动，那里面记录了他的亲身经历。鲁迅先生还亲自为小说写了序言，给予高度评价。

后来有个混入左派队伍的人化名写文章攻击他。他是怎么反驳的呢？他把对方约到僻静处揍了一顿，用拳头答复了对方！——那人就是后来成为"四人帮"之一的张春桥。而萧军这样的作家，我们或者可以称为"好汉作家"吧。

萧军跟萧红的结识，更具传奇性。——萧红比萧军小四岁，家里本是大地主。可从小爹爹不喜欢她，倒是她那慈爱善良的祖父教她读诗、带她玩耍，使她知道世间还有亲情的温暖。

以后家中不顾她的反对，硬给她找了个婆家。她逃婚出走，住在一家旅店里，欠了一大笔店钱，眼看要被店主卖到妓院去啦。

在走投无路的当口，她写信向哈尔滨一家报社求援，萧军刚好是报社编辑的朋友，听到消息，便自告奋勇前来探视，演出了一场现实版的"英雄救美"。——两人一见钟情，就这么走到了一块儿。

萧红小说《生死场》

源源问："萧红写过什么小说呢？"

爷爷说："她的作品比萧军的还要多些。还是中学生，萧红已是出名的才女了。跟萧军结合后，两人一同出版了小说、散文集，那时她才二十岁。

"这两个来自东北的年轻人，有着共同的爱和恨，他们热爱自己的家乡、父老，痛恨日本侵略者。萧红的长篇小说《呼兰河传》，就记述了发生在家乡的故事。

"小城中那个永远没人去填的大泥坑，热闹的庙会、秧歌、野台子戏，还有慈祥善良的祖父，以及挣扎着生活却又乐天知命的乡邻们……这一切跟童年的回忆搅在一起，是那么亲切、动人。

"中篇小说《生死场》，是萧红的代表作。跟萧军的《八月的乡村》一样，这是最早反映东北民众抗日斗争的文学作品。小说没有紧凑的情节、突出的人物，更像是一幅散点透视的农民生活长卷。可是东北农村的乡亲们在生死线上挣扎的生活现状，却是那么逼真地展现在书中。

"萧红的小说作品其实更像散文，带着一种抒情的意味。小说中最能打动人的，是那无所不在的同情心。

"有一篇题为《手》的短篇小说，就为我们描画了一个令人同情的女孩儿。她来自乡下，跟阔人的孩子们一同在学堂读书。她是那么刻苦，永远虔诚地读着英文单词：'华提……贼死，右……爱……'（这是……什么？你……我……），连星期日也不休息。

"这个女孩儿穿着褪了色的衣服，一双手黑中透紫——原来她家是开染坊的，那是她帮助家里染布留下的痕迹。然而在学校里，她却受到同学们的奚落、疏远，没人愿意跟她同住一间宿舍，她只好独自睡在走廊的长椅上。

"校长也歧视她，说她的手黑，上操时太扎眼，让外国人看了笑话，因而取消了她上操的资格……最终，学校连考试都没让

她参加，就把她赶出了校门。父亲来接她时，她还自言自语地说：'再来，把书回家好好读读再来……'

"长期的流浪生活，毁坏了萧红的健康。1942年，她在香港病逝，临终时感叹说：'半生尽遭白眼冷遇，……身先死，不甘，不甘！'——她又怎么能甘心呢？她年纪轻轻，才三十岁；而家乡东北，此刻正遭侵略者铁蹄蹂躏呢！"

第 26 天

孙犁『荷淀月』，
树理『地摊文』

自学成才的孙犁

爷爷说："昨天讲到丁玲、周立波，都是湖南人，属于革命队伍里的南方才子。而萧军、萧红，则都是北方才俊。——今天再来介绍两位北方作家：河北籍的孙犁和山西籍的赵树理。

"孙犁（1913—2002）原名孙树勋，出生在河北安平县一个偏僻的小村子里。他十二岁到安国县城读小学，以后又考入保定育德中学。由于受鲁迅等'五四'作家的影响，他迷上了文学。不但读了大量新文学作品，自己也试着写一些，并不断在校刊上发表出来。

孙犁

"高中毕业后，因家里穷，无力升学，他便只身来到北平，当上了'北漂一族'：或是在图书馆自学，或是去大学旁听。还到机关和小学里当过职员，同时不断给报纸投稿，但被选用的并不多。

"以后他到白洋淀边的一个

小镇去教书，了解了不少水乡人民的生活。日后他写起小说来，白洋淀的风景和人物便常常出现在他的笔下。

"孙犁真正投身文坛，是在抗日战争中。他在冀中根据地从事抗日宣传工作，还当过冀中军区抗战学院的教官。1944年，他到延安鲁艺工作，发表了著名的短篇小说《荷花淀》《芦花荡》等——那可以称作他的代表作了。

"中华人民共和国成立以后，孙犁的作品仍有不少，有一部长篇小说《风云初记》，写的是发生在冀中平原的战争故事。——因是全国抗战初期的事，所以题为'初记'。

"另外还有一部《铁木前传》，是个中篇，写一个铁匠和一个木匠十几年的恩恩怨怨，那背景，却已是农业合作化运动。大概作者本打算续写'后传'，可此后身体一直不好，也就没再动笔。

"孙犁的散文也很出色，他那清新的文笔，本来就适合写散文。他还是一位文学评论家，写过不少有见地的文学批评文章。"

荷花淀里月色明

说说那篇《荷花淀》吧，小说还有个副题，是"白洋淀纪事之一"；写的是抗战时白洋淀人民的生活小景——那是多么不平凡的生活啊。

几个年轻妇女划着小船到白洋淀中去寻找她们的丈夫，那些小伙子们参加部队没几天，听说还没走远。而她们呢，各有各的理由：有借口给丈夫送衣服的，有奉婆婆之命去看看的……她们的心情不难理解，哪个妻子不依恋自己的丈夫呢？何况又是上战场啊！

《白洋淀纪事》书影

丈夫还没找到，迎头却遇上了鬼子船！幸亏妇女们都是淀上长大的，把一条小船划得飞快！近了，近了！眼看鬼子的船就要追上了。就在这千钧一发的当口，小船划进了荷花淀。几乎是同时，淀中响起一排枪声，整个荷花淀都震荡起来了！原来，妇女们无意中把鬼子引进了游击战士的伏击圈。没一会儿工夫，敌人的大船沉了。隐蔽在大荷叶底下的战士们纷纷钻进水里打捞战利品。

区小队队长问水生（他就是妇女们要找的丈夫中的一个）："都是你们村的？"你听听水生的回答："不是她们是谁，一群落后分子！"话是这么说，他随手把刚捞到的战利品——一盒包装精美的饼干，扔到了妇女们的船上。

回家的路上，妇女们格外兴奋，话也特别多。这个说："你看他们那个横样子，见了我们爱搭理不搭理的！"那个说："啊，好像我们给他们丢了什么人似的。"这个说："水生嫂，回去我们也成立队伍，不然以后还能出门吗！"那个说："刚当上兵就小看我们，过二年，更把我们看得一钱不值了，谁比谁落后多少呢！"……半年以后，她们真的学会了射击。敌人大围剿时，她们配合子弟兵，就活跃在芦苇的大海里。

小说中的妇女，连个姓名也没有，可一个个却又是那么活泼、生动。从她们那半嗔半喜的谈论里，可以听出她们对丈夫的爱和羡慕。一想到这轻松热烈、深情洋溢的谈话，是发生在残酷的战争背景下，我们又不能不为北方妇女的多情、勇敢、要强所打动。

小说中的环境描写也那么优美而清新，像散文，又像诗歌。读读小说开头的一段：

> 月亮升起来，院子里凉爽得很，干净得很，白天破好的苇眉子潮润润的，正好编席。女人坐在小院当中，手指上缠绞着柔滑修长的苇眉子。苇眉子又薄又细，在她怀里跳跃着。……

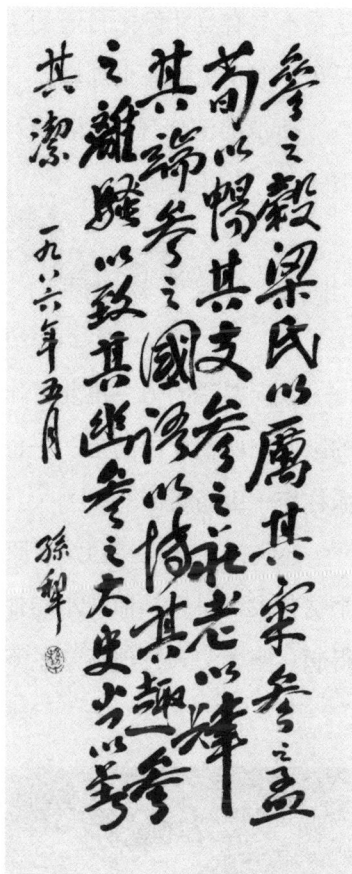

孙犁墨迹

这女人编着席。不久在她的身子下面，就编成了一大片。她像坐在一片洁白的雪地上，也像坐在一片洁白的云彩上。她有时望望淀里，淀里也是一片银白世界。水面笼起一层薄薄透明的雾，风吹过来，带着新鲜的荷叶荷花香。

这是不是有点儿像朱自清的《荷塘月色》？只是比起来，这里的月色，似乎更明亮更灿烂！

孙犁的清新风格引来不少模仿者，后来竟形成一个文学流派——"荷花淀派"。

"地摊文学家"赵树理

今天要说的另一位北方作家赵树理，风格又有不同。由于他的家乡山西盛产山药蛋——也就是土豆，有人把他开创的文学流派称作"山药蛋派"。

赵树理（1906—1970）原名赵树礼，出生在山西省沁水县一个贫苦农民家庭。他从小参加劳动，地里、场上的活儿，样样拿得起。跟着父亲，他还学了不少有关中医中药的知识。——他又特别喜欢看戏，有时宁可饿肚子，戏却不能放过。

十九岁时，他考入长治省立第四师范学校，并接受了"五四"新思潮的启蒙。以后他教过小学，当过录事、差役，还做过店员——对底层百姓生活中的酸甜苦

赵树理在审读文稿

辣，他了解得太深了。

在师范学校读书时，他就试着写新小说和新诗歌。可是他发现，这种欧化的作品，只是文化人写给文化人的东西，老百姓欣赏不了。相反，在农村庙会的地摊上，摆着《封神榜》《施公案》《七侠五义》一类的小册子、小唱本，生意却出奇地好。

能不能写一种老百姓喜闻乐见的作品，去跟《封神榜》《七侠五义》争地盘？哪怕自己因此被称作"地摊文学家"，他也乐意啊。他立下了志向，要为农民写作。

抗日战争全面爆发，赵树理积极投身到抗日宣传工作中去。他是共产党员，又任抗日组织"牺盟会"的宣传干部，先后担任《黄河日报》《抗战生活》的编辑，还写了大量通俗小说、诗歌、戏剧、曲艺……1943年，他写出了风味独特的中篇小说《小二黑结婚》和《李有才板话》，受到群众的热烈欢迎。

二黑、小芹前途未卜

《小二黑结婚》说的是青年男女争取婚姻自由的故事，背景虽是共产党领导下的抗日根据地，可那里的传统势力还很顽固，一些村子的基层政权还掌握在坏人手里——刘家峧就是这样一个小村落。

故事中的一对青年男女，男的乳名叫"小二黑"，女的叫"小芹"。这两人的爹娘，恰又是刘家峧的两位"神仙"。

小二黑的爹爹刘修德，外号"二诸葛"，专会起课算卦，看黄道黑道。小芹的娘叫"三仙姑"，四十几岁的人，还穿绣花鞋，

《小二黑结婚》早期版本

戴着满头首饰，打扮得跟小媳妇似的。——只可惜白粉涂不平打皱的脸，看上去像是驴粪蛋下了霜。她是远近闻名的神婆，也别说，还真有人信她，不断来求财问病，闹得乌烟瘴气。

小芹是三仙姑的独生女，长得比她妈年轻时还好看。在一大群追求她的小伙子里，她只看上了二诸葛的二儿子小二黑。可二诸葛却不乐意，他掐算过，小二黑与小芹一个金命，一个火命，金火相克！再说三仙姑的名声也不好。——他为小二黑弄了个逃荒人家的姑娘做童养媳，小二黑说死也不干。

三仙姑也不同意女儿的选择，因为小二黑是村里最俊的小伙子，一旦成了她的"姑爷"，她想跟小二黑说句笑话也不能啦。

刚好有个旧军队的旅长死了老婆，要娶小芹做续弦，三仙姑巴不得攀上高枝，一口答应了。小芹却不乐意，把送来的首饰绸缎扔了一地，赌气出门，去找小二黑商量。

其实村里对小芹垂涎的人还多着呢。就说金旺、兴旺吧，这兄弟俩当过土匪，是刘家峧的两只"老虎"。村里成立村公所，选举村干部，老百姓胆子小，不敢出头，这武委会主任和村政委员的职务，便被他俩抢了去。

金旺已是有老婆的人，可没人时，总跟小芹嬉皮笑脸的。小芹不理他，他就怀恨在心。有一回他硬说小二黑装病，不参加村干部训练，要斗争小二黑，还让他老婆牵头斗争小芹——他老婆是妇救会主席。幸亏村长是明白人，不知费了多少口舌，总算调解开了。

这回小芹约小二黑到一个没人的大窑里商量对策，哪知金旺他们早就暗中盯着呢，瞅准这个机会，带着人一拥而入，把两人捆了起来，硬说什么"捉奸拿双"！——他怕村长仍旧"袒护"小二黑，便连夜把他俩押送到区武委会，还扬言要按军法处置！

二诸葛听说吓坏了，连忙占了一卦，卦象险恶万分。三仙姑也哭着喊着来找二诸葛要闺女，两家打得不亦乐乎！

好事多磨，终成眷属

第二天，二诸葛急急忙忙赶到区里，却听说两人已经放了。二诸葛一见儿子，就大声喝骂起来，被区长说了句："干什么？区公所是骂人的地方？"吓得再不敢出声。

区长亲自向他讲明不准收童养媳的法律规定，二诸葛还强词夺理，说这是两家情愿。小二黑当场表示不情愿，二诸葛便又来了脾气，瞪着小二黑道："由你啦？"

区长又发话了："给他订婚不由他，难道由你啦？老汉！如今是婚姻自主，由不得你了，你家养的那个小姑娘，要真是没有娘家，就算成你的闺女好了。"——区长说的是二诸葛给小二黑

《小二黑结婚》被拍成电影

说的童养媳。

由于事关两家，三仙姑也被传到区里问话。临行前，她还着意打扮了一番。等见了区长，趴下就磕头，连称："区长老爷，你可要给我做主！"

区长问了她的岁数，说："你自己看看你打扮得像个人不像？"来看热闹的妇女挤了半个院子，叽叽喳喳议论她的年龄和绣花鞋、花腿裤，羞得她一道道热汗在脸上流，恨不得一头碰死！

区长给她讲解婚姻自主的法令，要她把旧军官送来的钱物原封退回，让小芹跟小二黑自由结合。她哪敢不答应呢。

金旺、兴旺这么一闹，反把自己为非作歹的真面目暴露了。村里召开检举会，大家把他俩逼人上吊、抢钱霸产、奸淫妇女的罪恶提了五六十款，结果这俩家伙"搬起石头砸自己的脚"，全都判了刑。——村里也因此起了大变化。

两位"神仙"也在变。三仙姑彻底换了打扮，那张装神弄鬼的香案也悄悄拆了。二诸葛呢，他的鬼八卦，连他老婆都不信，还好意思到人前去卖弄吗？

小芹、小二黑自然是结成了幸福美满的一对，人人都说：这是村里第一对好夫妻！

小说树典型，轰动解放区

很明显，这是一篇鞭挞传统势力、宣传婚姻自由的好作品。作者有意把这一对青年人放到两个老顽固的家庭里，又让这事发生在坏人当权、旧势力没有铲除的村庄中，这桩婚姻纠葛也就更典型、更有教育意义。

小二黑的故事不是编出来的。在一处小山村，作者亲耳听到这样一件真事：有个民兵队长，因为跟一个活泼俊俏的姑娘谈恋爱，竟遭到村干部的嫉妒和迫害。他的结局比小二黑悲惨得多，是被窃取村长职位的恶霸活活打死的！

老百姓呢，多数还是老脑筋，看不惯年轻人自由恋爱，认为教训教训也是应该的，甚至小伙子的亲人也这么想。

农村几千年的陈腐势力太顽固啦，怎么才能唤醒农民兄弟，让他们换换脑筋呢？——《小二黑结婚》就是为了这个目的创作的。

小说一出版，立即受到农民们的热烈欢迎。从来没有一本新文学作品，会在农村引起这么大轰动。以往文艺作品印两千册就算不少啦，可这一回，印了两万册，还供不应求，又加印了两万册！

小芹和小二黑还登上了村村镇镇的戏台，老太太、大姑娘，打着火把翻山越岭来看戏。各村的巫婆神汉们呢？也都关紧了门窗，不好意思再操旧业啦！否则一定有小孩子追着喊他们"二诸葛""三仙姑"！

快板如刀李有才

中篇小说《李有才板话》是赵树理又一部深深触动农村现实的作品。——李有才是谁？他是阎家山的一个穷汉，五十多了，还是单身。本来他有三亩地，后来押给地主阎恒元，他的全部财产，只剩下老槐树下的一孔破土窑。

就是这孔破土窑，阎恒元也不让他住，硬把他撵走了。原来李有才擅长编顺口溜，常用快板的形式讽刺阎恒元他们一伙。

阎家山这个村很像是《小二黑结婚》里的刘家峧，村政权也是把持在地主恶霸手里。大地主阎恒元是总后台，代表着村西头一些有钱富户。村干部都是他的人，事事向他讨主意，专门欺压村东大槐树底下的穷苦人。

《李有才板话》早期版本

表面上看，上级布置的工作，阎家山事事走在前头：租子也减了，丈量土地的工作做得又细又快，区里检阅民兵，也数阎家山的民兵穿戴最整齐。——其实全是弄虚作假、背后搞鬼！

村里的穷哥们儿不是没反抗过，选村干部时，他们一致推举陈小元；阎恒元暗中定下的候选人，差点儿就落了选。——可是阎恒元有

办法：他让陈小元当了武委会主任，用公费给他裁了一身制服，还送给他一支自来水钢笔。

小元往庙里一坐，慢慢觉得穿制服干农活不像样子。于是割柴派民兵，锄地派民兵，整个人全变了！

区里章工作员下来检查工作，被假象迷惑了，让阎恒元一伙哄得团团转。他认定阎恒元是开明士绅，阎家山也被捧成"模范村"！

偏偏李有才爱编快板，专揭这伙人的疮疤，把他们的丑态描画得活灵活现。例如这一首，专说"模范村"：

> 模范不模范，从西往东看；
> 西头吃烙饼，东头喝稀饭。

原来村干部作风不正，谁到村公所"说事"，先得出十几斤面、五斤猪肉，烙饼炖肉，让干部们吃足了，才"说理"。——这就是章工作员树立的模范样板！

还有揭露老村长阎恒元把持村政的：

> 村长阎恒元，一手遮住天，
> 自从有村长，一当十几年。
> 年年要投票，嘴说是改选，
> 选来又选去，还是阎恒元。
> 不如弄块板，刻个大名片，
> 每逢该投票，大家按一按。

人人省得写，年年不用换，
用他百把年，管保用不烂。

农会主席按说是替农民说话的吧，可这村的农会主席张得贵，却是阎恒元的应声虫。讽刺他的那首快板格外有意思：

张得贵，真好汉，跟着恒元舌头转：
恒元说个"长"，得贵说"不短"；
恒元说个"方"，得贵说"不圆"；
恒元说"砂锅能捣蒜"，得贵说"打不烂"；
恒元说"公鸡能下蛋"，得贵说"亲眼见"。
要干啥，就能干，只要恒元嘴动弹！

这些快板言辞犀利，朗朗上口，可把阎恒元一伙挖苦坏啦！——以后李有才发现丈量土地的工作中有鬼，又编成快板加以讽刺。阎恒元坐不住了，终于派人把他轰出了村。

"模范"终露馅，快板奏凯歌

不久，县农会主席老杨前来督促秋收工作，终于发现了"模范村"的问题。

老杨的工作方法与章工作员不同，他一到村里，便一头扎进穷苦农民的破窑里，跟他们一口锅里吃饭，一个场上干活。

老杨自己就是农民出身，当过长工。如今虽说当了县里的干部，却依然保持着农民本色，一点儿架子没有，农民当然愿意和他说心里话啦。

但在另一些人眼里，他又根本不像干部。比如说，老杨刚到村公所时，村长广聚和小元就把他当成哪村送信的了，半天没理他！

老杨从村里流传的快板，了解到"模范村"的真相。他发动穷人揭露阎恒元，还亲自撕掉李有才窑上的封条，把他请了回来。

跟阎恒元斗，得把农民组织起来才行。可农民对农会不了解，不敢参加怎么办？这一回，又是李有才的快板起了作用。他把入农会的好处编成快板，告诉大家：农会要清算老恒元，要他退地赔钱、减租减息，还要坏干部退位……快板一传出去，农会很快组织起来了！

农民们的斗争，取得了初步胜利。连李有才押给阎恒元的那三亩地也退回来了，大家的高兴劲儿就别提了。最后在老杨的提议下，还是由李有才用快板来做总结：

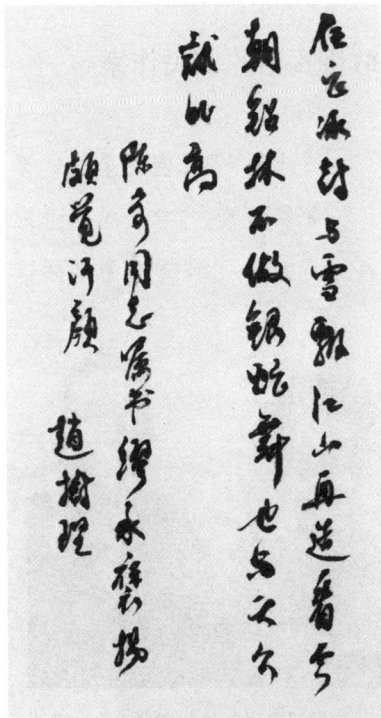

赵树理墨迹

阎家山，翻天地，
群众会，大胜利。
老恒元，泄了气，
退租退款又退地。
······

全村人，很得意，
再也不受冤枉气。
从村里，到野地，
到处唱起"干梆戏"。

敢讲真话的农民作家

沛沛说："真有意思！这篇为什么叫'板话'呢？"

爷爷回答："前头咱们讲宋元话本时说过，'话'在古代有故事的意思；一些话本因穿插诗词，又叫'诗话''词话'。赵树理的这篇穿插着快板，故称'板话'——这里面既有继承，也有创新呢。"

两个孩子连连点头。源源说："我总感觉，李有才身上应该有着作者的身影。"

爷爷说："没错，文学人物身上总会留下作者的影子。初见赵树理的人，很少会想

"比农民都农民"的赵树理，你知道照片中哪位是他吗？

到眼前这位是知名的大作家。跟李有才一样，他也来自农村底层，富于正义感，擅长独立思考，又能出口成章。他的一支笔只写生活中最真实的东西，决不藏藏掖掖、掩饰涂抹！他常常一身农民打扮，工作起来很有办法，这又让人想到小说中的老杨同志。

"在后来的减租减息和土改运动中，《李有才板话》成了干部群众学习的'参考资料'；干部把它读给农民听，像是读土改文件一样。农民们听了总是哄堂大笑，还说：这一段说的，不就是咱村的谁谁吗！

"中华人民共和国成立后，赵树理进了城，可他一刻没忘农民兄弟。'大跃进'时，他正在农村体验生活，见有的县干部弄虚作假，夸口没边，就当面戳穿'亩产万斤'之类的大话——为此，他差点儿被扣上'右倾'。

"然而，这位来自农民的作家到底没能逃脱厄运。在20世纪60年代中后期，他遭到残酷迫害，肋骨也被打断！1970年，六十四岁的作家死在了监狱里——混进革命阵营里的'金旺''兴旺'，到底没能饶过他！

中国人民文艺丛书

李家莊的變遷

赵树理 著

人民文學出版社

《李家庄的变迁》封面

　　"时代在前进，文学时尚也在变化。也许不少人看不起赵树理那带着山药蛋味儿的作品。可正是这些作品，继承了中国民间文学的传统，曾在那个时代，拨动了成千上万人的心弦！

　　"读读这位农民作家的作品吧，除了上面提到的两篇，还有长篇小说《三里湾》《灵泉洞》，中篇小说《李家庄的变迁》，以及短篇《登记》《锻炼锻炼》《套不住的手》等。——你们会喜欢上这位农民作家的！"

第 27 天

『围城』『倾城』，
钱、张妙文

钱锺书、张爱玲、
杨绛

钱锺书《围城》："海归"方鸿渐的故事

现代文学界身为作家又兼学者的，不止沈从文一位；如学者钱锺书，也写过小说。他跟沈从文还是西南联大的同事呢，只是他们的小说风格截然不同。这多半因为他们的人生经历大不相同：一个是打着赤脚从湘西走来的乡下小伙子，另一位却是出身名门的留洋学士！

钱锺书（1910—1998）字默存，笔名中书君，江苏无锡人。他出身书香门第，父亲钱基博是著名的学者、教育家。

1933年，钱锺书从清华大学外国语文系毕业，到英国留学，接着又到法国念了一年书。回国后先后在西南联大、蓝田师范学院、上海暨南大学及清华大学等校任教授，成了中外知名的大学者。

青年钱锺书

他的学术著作，有《谈艺录》《管锥编》等，都是融汇古今、学贯中西的大作。而在文学界，他的名声却一度湮没——尽管他的小说写得不多，但那部《围城》却不能不提。

大概因为作者曾留学英法，接触了不少留学生，这部长篇小说写的，便是几个留学生留洋归来的生活经历。

《谈艺录》封面

故事的主要人物方鸿渐出身于江南某县的士绅家庭，父亲前清时中过举人，因与本县一家姓周的银行家有来往，两家便结了儿女亲家。

方鸿渐到北平读大学，对家庭包办的婚姻心怀不满，却又毫无办法。刚好天从人愿，女的没嫁过来，就得重病死了。周家把爱女儿的心转到"女婿"身上，拿出一笔款子，送他出洋深造。方鸿渐就这样"因祸得福"，去了欧洲。

方鸿渐并不是那种刻苦读书的人，在欧洲一混四年，到伦敦、巴黎、柏林等几个大学随便听了几门课。眼看银行里的钱不多了，该是"学成回国"的时候了。——可是花了人家那么多钱，连个学位头衔也没拿到，又怎好回去交代呢？

他四处瞎碰，居然通过一个爱尔兰骗子，弄到一张德国克莱登大学哲学博士的文凭！天知道这个克莱登大学在哪里。——不

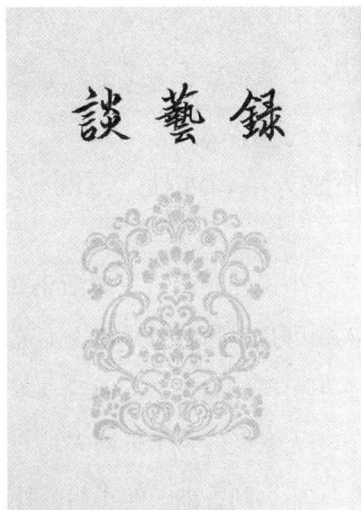

过这件事他办得还算"漂亮"：一张文凭开价五百美金，他只花了四十美金就弄到了手。

情感失落，远赴"三闾"

小说一开头，方鸿渐正在归国的轮船上。同船有位苏小姐，人家可是正牌的留洋博士。苏小姐对方鸿渐有好感，可方鸿渐嫌苏小姐矜持做作，反而对有着葡萄牙血统的鲍小姐产生兴趣——其实人家已经有了未婚夫。

船一到香港，鲍小姐就扑向前来迎接的未婚夫怀抱，看都不看方鸿渐一眼。方鸿渐在小说中一亮相，就是个失败者。

留洋博士回来了！这消息在家乡小镇引起的轰动可想而知。亲人到车站迎接，本地小报的记者又是采访又是拍照，方鸿渐自己也觉得有点儿飘飘然啦。

可有一件事让他脸红了半天。原来亲人们早把他回国的消息登在了报纸上，连同他那假博士头衔，也一并登出——这让苏小姐看见，不是要笑掉大牙吗？

当地学校请他去做报告。他临时现翻书，凑了一份发言提纲。可是临到会场，却发现提纲不见了！他只好硬着头皮胡乱讲几句，话匣子一开，居

《围城》早期版本

然大讲起鸦片与梅毒来，惹得校长很不高兴。

一位在洋行做事的买办，想招方鸿渐做女婿。可他发现方鸿渐连很简单的英文都听不懂，也便打消了念头。

以后方鸿渐在苏小姐和她的表妹唐晓芙之间周旋，结果得罪了苏小姐，又失掉了唐小姐。正在失魂落魄的当口，有个朋友邀他到内地去教书，他便答应下来。

这位朋友叫赵辛楣，留过学，也是苏小姐的热烈追求者，一直拿方鸿渐当情敌看。可苏小姐最终嫁了别人，他跟方鸿渐，算是同病相怜啦。

刚好赵辛楣的一位老师高松年在内地办了一所"三闾大学"，邀他去任教，他便同时推荐了方鸿渐。——赵辛楣还带着一个女孩子孙柔嘉，那是他一位同事的女儿，大学刚毕业，一同到三闾大学找出路。

路上他们与同去应聘的教员李梅亭、顾尔谦会合了。李梅亭是高松年的老同事，四十来岁，永远戴着副墨镜，神情傲慢，不大理人。他有一只沉重的大铁箱，一路上，当宝贝似的照看着。

顾尔谦呢，是高松年的远亲，五十岁了，一脸谄媚的样子。他跟李梅亭倒挺合得来。

象牙塔里的是是非非

若要深切了解一个人，最好的办法是跟他一同去旅行。刚一上船，辛楣和鸿渐就发现，李、顾二人做事不够光明。他们怕花钱，给赵、方他们订了头等舱的票，自己则买了三等舱的，却又借口票不好买，做出一副屈己从人的样子来。

李梅亭是应聘去做中文系主任的，他的名片，早就在上海印好了。几个吓人的头衔，夹着"三闾大学主任"的不伦不类的名头儿。

他那神秘的大铁箱，也终于在摔了一下之后，在众人面前曝了光：原来里面全是一个个小抽屉，分门别类装着小卡片，中国文学的知识，全都在那里面装着哪！——李梅亭说得好：这是我的随身法宝。只要有它，中国书全烧完了，我还能照样在中国文学系开课程！

更让大家惊讶的是，在下面的抽屉里，装的竟都是内地奇缺的药品！——后来，中文系主任的头衔让一个姓汪的占去了，李梅亭大发脾气。校长高松年为了安抚他，让学校按他开的高价，把这些药品都买了去。

不错，三闾大学并不像赵辛楣他们想象的那么好：校长高松年是个落了伍的科学家，整天周旋在学校各派力量之间，官儿当得挺带劲儿！

历史系主任韩学愈也是位留洋博士，还娶了位美国太太。可是方鸿渐跟他只交谈几句，就明白了他的底细：原来他的博士文凭，竟也是克莱登大学的！他还自称在外国有名的学术杂志发表过文章——他没说

《围城》被拍成电视剧

谎，他不过在那上面登过一两则求职广告！

那位当上中文系主任的汪处厚，原本是个因贪污被免职的官僚。只因他是教育部次长的伯父，这个主任的位子，就被他抢了去。——他并不满足眼下的地位，今天请客，明天保媒，到处拉人，还想当文学院院长呢。

而被他抢了位子的李梅亭，最终也如愿以偿地当上了训导长。他大力提倡"导师制"，要求教师做学生的表率，不准抽烟，不准打麻将、打扑克，连未婚男教师接近女学生都要受限制……可他自己呢？却偷偷跑到镇上去嫖娼！

至于教授之间为个人利益互相拆台，甚至收买学生相互刺探消息的丑事，在学校中更是家常便饭！

方鸿渐、赵辛楣对这里早就厌倦了。刚好赵辛楣跟汪太太发生了感情纠葛，被汪主任和高校长撞见。赵辛楣因此被迫离开三闾大学，方鸿渐自然也待不下去，跟着也离开了。——同他一起离开的还有孙柔嘉，他俩已经订婚啦！

回到上海，婚后的方鸿渐并不感到幸福。他找不到工作，又不愿投靠孙柔嘉的阔亲戚。在一次争吵中，两人还动了手！

方鸿渐赌气出了门，等他回来时，孙柔嘉已经拎箱子回姑妈家去了。方鸿渐倒在床上，只有那只老掉牙的座钟当当地打着点，像是讽刺着人生的一切！

犀利的讽刺，幽默的语言

《围城》中的人物全都是知识分子，这是因为作者对知识分

钱锺书与父亲钱基博曾同在湖南蓝田师范学院教书

子最熟悉，讽刺的笔尖也就专门指向他们。可以说，这是一部新《儒林外史》，讽刺的锋芒尖锐而新巧。

就说那位苏小姐吧，虽是正牌文学博士，做的诗却是抄袭外国的。她后来嫁给了姓曹的"诗人"，曹诗人的作品更高明，看看这句："圆满肥白的孕妇肚子颤巍巍贴在天上"——你再也想不出来，他这是咏月亮呢！

此外像方鸿渐的父亲、岳父，三间大学的校长、主任们，以及自作多情的范小姐……无不是作者讽刺的对象。不过作者的讽刺中，也包含着知识分子的自我反省，因此又是十分可贵的。

小说语言轻松幽默，妙语连珠，使用中外典故俗谚，信手拈来、运用自如。例如讲到方鸿渐千方百计弄假文凭时，作者就发议论说："这一张文凭，仿佛有亚当、夏娃下身那片树叶的功用，可以遮羞包丑；小小一方纸能把一个人的空疏、寡陋、愚笨都掩盖起来。"

及至说到鸿渐用低价把文凭弄到手，气得卖文凭的爱尔兰人红着眼要找中国人打架，又说："这事也许是中国自有外交或订商约以来唯一的胜利！"而高松年装模作样跟方鸿渐谈工作，作者又评论说："他没演话剧，是话剧的不幸而是演员们的大幸。"

钱锺书与杨绛夫妇

都是精彩的讽刺警句。

总之，读《围城》是一种享受，你想听听一位高智商的学者对生活的见解吗？那就读读《围城》吧！

出身名门的女作家张爱玲

钱锺书写小说，相当于"业余玩票"，他是学贯中西的大学者，主业是学术研究。

跟钱锺书相比，女作家张爱玲则是专业的作家。她七岁开始写作，十四岁时曾模仿鸳鸯蝴蝶派的笔调，写了一篇《摩登红楼梦》，里面还有贾母带着宝玉等到西湖看水上运动会、吃冰淇淋的情节呢。

说起来，张爱玲跟近代史上一位名人还有瓜葛呢——她的爷爷张佩纶是清末大官僚，又是洋务派大臣李鸿章的女婿。晚清四

张爱玲

大讽刺小说之一的《孽海花》中，还提过他爷爷哩。这么论起来，张爱玲要算李鸿章的曾外孙女了。

张爱玲（1920—1995）自幼生长在豪门巨族，可她一点儿不觉得幸福。她的爹爹不务正业，吃喝嫖赌，还吸鸦片，是个花花公子式的人物。母亲则留学法国，有着挺高的文化修养。以后父母离异，父亲再娶，张爱玲饱受父亲和继母的虐待，好不容易才逃了出来，性格也更加孤僻敏感了。

她考上英国伦敦大学，却因第二次世界大战的缘故，没能赴英读书，改入香港大学学习。不过说到写小说，她可算得上"老笔杆儿"了。

张爱玲一举成名是20世纪40年代的事，那时香港已经陷落，她回到上海，先后发表了中篇小说《倾城之恋》和《金锁记》，受到文学界的重视。有人评论说，读她的小说，就像是喝滋味醇厚的花雕酒一样呢。

"倾城"燃战火，夫妻情最真

不用说，《倾城之恋》写的是个恋爱故事。女主角白流苏是个没落家族的小姐，已经出嫁，又因丈夫不成器而离了婚，依旧回到娘家住。

在娘家，她看够了白眼，听够了闲话。哥哥用她的钱去做投机生意，赔了本，还怨她是"扫帚星"，让他们沾了晦气。流苏待又待不下，走又没处走——离婚的妇女可真难啊！

一次有人给她的异母妹妹介绍对象，她出席作陪。男的叫范柳原，是个华侨子弟，生在英国，家里很富有。三十多岁了，还没成家。

不料范柳原没看上她妹妹，倒看上了她，在席间邀她跳舞。她好久没这么开心过了，跳了一个又一个——这里还带着点儿报复心理呢：让家里这些厌恶自己的人看看，我白流苏还是有魅力的啊！

以后范柳原又邀她到香港去玩，两人都挺喜欢对方。可白流苏发现，范柳原身上总带着纨绔子弟习气，只想着拿她当情人，却不愿承担家庭义务、结婚过日子。——流苏是个有主见的女子，她毅然回了上海，哪怕对她来说，家是个可怕的地方。

不久，范柳原二次邀她到香港。经过一段时间的分离，他们都感到离不开对方了。这一回，他们真的走到一块儿。不过范柳原在国外还有生意要处理，他为流苏做了安排，便独自乘船离开了。

可就在第二天，爆发了太平洋战争。范柳原没走成，他跟流苏在战火纷飞的孤城中同甘共苦，一个阔少爷，一个娇小姐，眼下也得自己张罗吃的，老远地汲山泉煮饭，拖地、做菜、拧被单、干粗活……他们发现，在这个动荡的世界里，什么钱财啊，地产啊，全都靠不住。唯一靠得住的，还是腔子里的这口气，还有身边的这个人！

他们终于领悟了人生的真谛，登报结了婚。"他不过是一个自私的男子，她不过是一个自私的女人。在这兵荒马乱的时代，个人主义是无处容身的，可是总有地方容得下一对平凡的夫妻。"——作者这段话里，饱含着人生感慨，也隐含着生活哲理呢。

为什么叫"倾城之恋"呢？"倾城"本来形容女性长得美，让全城的人都为她倾倒，这里却含有城市陷落的意思。——两人的爱情，不就是在将要陷落的孤城里得到升华的吗？

人性是如何被"金锁"桎梏的

张爱玲的小说代表作是《金锁记》，所写依然是发生在没落家族中的故事。

这家子姓姜，有三位少爷，都娶了亲。大少爷就像许多小说里的大少爷一样，循规蹈矩，没什么特别之处。三少爷却是个花花公子，人长得蛮精神，却是吃喝嫖赌，无所不为。家中钱财，被他挥霍不少。

二少爷则是个"残废"，得了骨痨，上等人家谁肯把女儿嫁他？不得已，老太太只好给他找了个小户人家的女儿——麻油店曹家的七巧姑娘。

曹七巧进了姜公馆，就像麻雀进了凤凰窝，谁也不拿正眼瞧她。也难怪，她语言粗俗，毫无顾忌，跟这个凡事讲究依礼而行的旧式家族，真是格格不入。——可是姜家就真的那么仁慈高雅吗？他们仗着有俩钱儿，弄了这么个活生生的女人来伺候半死的二爷，这哪里又有一点儿人道呢？

七巧看上了三爷姜季泽，可三爷尽管在外面荒唐，到家里却很守"礼法"，对七巧避而远之。七巧简直是一点儿希望也没有啦！

好不容易熬到丈夫、婆婆都死了，这已经是十年以后的事了。姜家分了家，七巧有了钱，可她的青春呢？已经一去不复返啦！

三爷这会儿却来跟七巧叙旧情，可七巧很快发现，他是来算计她的地产和钱财的！她把三爷骂出了门，把她的钱看得更紧了。

她有一儿一女，可她容不得他们有自己的幸福。她引诱他们抽上鸦片，为的是能把他们留在自己身边。

儿子倒是娶了媳妇，可七巧变着法羞辱儿媳，破坏他们的婚姻生活。女儿已经是快三十的人了，好不容易找了个留学生，已经订了婚；七巧硬是从中作梗，请人家到家里来吃饭，当着人家面，说闺女每天都要"抽两筒"——其实女儿的鸦片早已戒掉了。

《金锁记》被改编成舞台剧

人性中的偏执与狠毒，多么的可怕！"爱情在一个人身上不得满足，便需要三四个人的幸福与生命来抵偿"——这是一位评论家说过的话，正道出这篇小说的悲剧含义。

七巧用她的全部青春，换来了一堆金钱，这钱又有什么用呢？她这是戴上黄金打就的枷锁啦——《金锁记》的名称，就是这么来的呢。

张爱玲的小说深受中国古典小说的影响，同时又从西方文学中汲取了不少营养。像这位七巧，她的心理很不正常，作者对她的塑造，正是以西方学者弗洛伊德的变态心理学为依据的。有位学者评论说，《金锁记》"至少也该列为我们文坛最美的收获之一"。另一位评论家则说，《金锁记》称得上是从古以来最伟大的中篇小说！

心灵感声色，美文写精微

张爱玲的小说代表作还有《沉香屑·第一炉香》《茉莉香片》《红玫瑰与白玫瑰》《连环套》等，都收入她的小说集《传奇》中。

中华人民共和国成立后，她还写过长篇小说《十八春》，后来经过修改，改名《半生缘》。此外还有短篇《色·戒》，那是写一个女学生参加抗敌运动，深入狼窝去"钓"一个大汉奸。眼看败类就要被铲除，女学生关键时刻心软，竟放走了他——敌人却不手软，她和战友当夜即被一网打尽，全部牺牲！

为什么叫"色戒"呢？有两层意思：一是佛家清规中有"色戒"一条；二是小说中有个关键"道具"，即一枚粉红色的大钻戒——女学生正因对方出手大方，为她买了"色戒"，才一时心动，铸成大错。小说篇幅不长，却写出斗争的残酷以及人性的复杂微妙，耐人寻味。前些年，这小说还被拍成同名电影。

张爱玲的散文也别有特色：笔调细腻，视角独特。她的艺术感受力非常敏锐，在散文里谈绘画、谈音乐、谈文学，都有不俗的见解。

读读她谈音乐的这一段：

《传奇》的封面是张爱玲自己画的

我最怕的是凡哑林（即小提琴，又作"梵婀玲"），水一般地流着，将人生紧紧把握贴恋着的一切东西都流了去了。胡琴就好得多，虽然也苍凉，到临了总像着北方人的"话又说回来了"，远兜远转，依然回到人间。

凡哑林上拉出的永远是"绝调"，回肠九转，太显明地赚人眼泪，是乐器中的悲旦。……

大规模的交响乐自然又不同，那是浩浩荡荡五四运动一般地冲了来，把每一个人的声音都变了它的声音，前后左右呼啸喊嚷的都是自己的声音，人一开口就震惊于自己的声音的深宏远大；又像是初睡醒的时候听见人向你

说话，不大知道是自己说的还是人家说的，感到模糊的恐怖。……（《谈音乐》）

《张看》是张爱玲的散文集之一

白居易写《琵琶行》，妙在把声音描摹得那么生动形象；张爱玲谈音乐，则侧重抒写自己听音乐时的感受。——不是有着深厚文学修养、敏锐的艺术感悟力的人，谁又能把音乐谈得这么精妙入微呢？

张爱玲会画画，也会欣赏画。在散文《忘不了的画》里，她对中外绘画发表了自己的独特观感，其中提到两幅油画静物时说：

……最使人吃惊的是一张白玉兰，土瓶里插着银白的花，长圆的瓣子，半透明，然而又肉嘟嘟，这样那样伸展出去，非那么长着不可的样子；贪欢的花，要什么，就要定了，然而那贪欲之中有嬉笑，所以能够被原谅，如同青春。玉兰丛里夹着一枝迎春藤，放烟火似的一路爆出小金花。连那棕色茶几也画得有感情，温顺的小长方，承受着上面热闹的一切。

另有较大的一张，也有白玉兰，薄而亮，像玉又像水晶，像杨贵妃牙痛起来含在嘴里的玉鱼的凉味。迎春花强韧的线条开张努合，它对于生命的控制是从容而又霸道的。

这里写的不光是眼中所见，更多的是内心的印象和感受，画上的花朵仿佛也有了人的情感，无论嬉笑、放纵还是从容、霸道，都充满活力——那正是画家要表现的吧？

张爱玲善于从古典文学中汲取营养。她最喜欢《红楼梦》，曾说人生有"三恨"：一恨海棠无香，二恨鲥鱼多刺，三恨《红楼梦》未完！

她不但熟读《红楼梦》，还做了细致的研究，写成一本学术专著，取名《红楼梦魇》——这书名挺有意思，似乎是说：读《红楼》入梦太深，"魔障"了！

张爱玲还高度评价晚清韩邦庆的吴语小说《海上花列传》，为了让其他方言区的读者也能读懂，她还不惜时间精力，把用苏白写成的小说译成普通白话。——她对小说的研究，还得到胡适的夸奖呢。

杨绛常青树，著、译两丰收

源源问爷爷"梦魇"是哪两个字，又把《金锁记》《倾城之恋》的书名记入他的书单。沛沛的思绪还停留在《围城》上呢，他对"围城"这个书名有些弄不懂。

爷爷说："这个书名来自一句英国谚语：结婚仿佛是金漆的

鸟笼，笼子外面的鸟想进去，笼里的鸟却想出来。另一句法国谚语也说：在一座被围困的城堡中，城外的人想冲进去，城里的人却想逃出来——这话里包含着哲理呢。"

沛沛恍然大悟："我明白了，对方鸿渐来说，婚姻就是他的'围城'啊。另外，留洋生活好像也是'围城'——没到过外国的，拼命想出国；到了外国的，却又毫无收获，只好弄个假文凭回来骗人。"

爷爷说："没错。其实三闾大学也是'围城'，未去之前，赵辛楣他们放着当官发财的路不走，抱着开发民智的志向，要到那里大干一场。可一旦看到那里人事污浊，也就灰了心，急着离开。——作者正是巧妙利用这句格言，揭露生活中的种种'围城'现象，用来讽刺现实吧。"

源源问道："爷爷，我听说钱锺书的夫人杨绛也是有名的作家？"

爷爷说："没错，杨绛写小说，比钱锺书还早些。杨绛（1911—2016）是江苏无锡人，出生在北京。在清华大学读研究生时与钱锺书相识并结婚，以后又跟丈夫一同去英法求学。回国后从事写作、翻译及学术研究。

"杨绛三四十年代就有小说问世，多半是情感题材的，如

杨绛

《璐璐，不用愁！》《小阳春》《玉人》等。书中人物虽有文化，却都带着点儿小市民的俗气。还有一篇《大笑话》，写一群'高级知识分子'之间的感情纠葛，夹杂着忌妒、排揎、明枪暗箭，跟钱锺书的《围城》风格相近，描写却更加细腻。

"杨绛再拿起创作之笔，已是20世纪80年代。年过七十的她写出长篇小说《洗澡》，反映了20世纪50年代知识分子的'思想改造'运动，反思深刻，描摹生动，处处是讽刺的机锋。——这又是一部《儒林外史》式的作品。

"杨绛还写过不少散文，有散文集《将饮茶》《干校六记》等。她的散文《老王》，是为一位三轮车夫立传，写的完全是真人真事。

"老王瞎了一只眼，是个半'残疾'。可他为人善良，干活实在；夏天他送来的降温冰块比别人的大一倍，价钱却是一样的。钱氏夫妇'文革'落难，老王照样拉着生了病的钱教授上医院，还不肯收车钱。

"老王最后出现在钱家，是来送香油和鸡蛋的，他是来感谢老两口长期以来对他的关照吧？这时他已病入膏肓，几天后就离开了人世。

"文章结尾，杨绛反省自己：为什么想到老王，心里总感到不安呢？她想明白了：那是一个幸运的人对一个不幸者的愧怍。

"杨绛于2016年去世，享年一百零五岁，在中外文坛上创了纪录！"

是谁架起『紫金梁』

"得鱼忘筌"说翻译

今儿个是农历正月十五，妈妈特意煮了汤圆端来。爷爷一面道谢，一面招呼源源和沛沛同吃。源源还要谦让，沛沛早已拍起巴掌，他麻利地拿来碗勺，爷儿仨边吃边聊。

"近代、现代的文坛，咱们说了个大概，应该还有不少遗漏。你们还想了解什么，或有啥疑问，提出来，今天就当复习答疑吧。"

源源说："我看朱自清爷爷的《经典常谈》，里面谈到文章的发展，说古代本来是'言文合一'的，文章就是对口语的记录，所以并不难懂。可是经过几千年，口语变化快，文字却原地踏步，今天再来读古文，就觉得佶屈聱牙了。

"五四运动提倡白话文，似乎又回到'言文合一'的道路上；只是今天的白话文还不能跟口语画等号，它一面向'国语的口语'靠拢，一面又向'传统的白话'学习，同时还'有意跟着翻译的白话走'。这么看来，翻译文学对今天的白话文有不小影响呢。"

没等爷爷回答，沛沛插言说："对了，前些日子您介绍近代的翻译家，有严复，还有林琴南，他们是用文言翻译外文。那么用白话翻译外文又是谁开的头呢？"

爷爷说："你俩提的问题很重要。说到翻译家，让我想起'得鱼忘筌'的典故来——'筌'是一种打鱼工具，像个竹篓；人们用它打到鱼，兴奋点全在鱼身上，筌却被忘在一边。同样，人们读着精彩的翻译作品，往往忽视了翻译家的功绩。说真格的，中国百多年来的巨大进步，得益于跟世界的交流，这中间翻译家功不可没。是他们，在五大洲之间架起了文化交流的紫金梁！

"许多翻译家，同时又是文学家。咱们前面讲到的鲁迅、周作人、郭沫若、茅盾、刘半农、冰心、郁达夫、夏衍、巴金、郑振铎、梁实秋、卞之琳、杨绛等，都是既搞创作也搞翻译。

"当然，也有拿翻译当主业的，像罗念生、朱生豪、傅雷、董秋斯、傅东华、杨宪益、汝龙、刘辽逸等，他们多半有着留学的经历，外语成为他们的第二母语，也有在国内接受外语专业教育或自学成才的。

"跟介绍文学家一样，我们也来画一条线：只介绍1920年以前出生的，那以后出生的，咱们只好找机会再聊啦。"

小哥儿俩相互看了一眼，看得出来，他们对今天的内容充满好奇和期待。

还要从鲁迅说起

还得从鲁迅先生讲起。他早年赴日本留学，初次接触域外文化，如入宝山，急着要把这些文化"财宝"拿来跟国内同胞分享。鲁迅有语言天赋，精通日文和德文，对俄文、英文也能浏览。可是把外文翻译成汉语，是用文言表达呢，还是用白话表达？——那会儿的国内，还是文言文的一统天下呢。

周作人这时也在日本，哥儿俩都读过私塾，写文言比写白话还顺当。两人一合计，决定先翻译几篇外国小说练练手，看看反应再说。经过一番操作，一部《域外小说集》问世了，里面收入十几篇外国短篇小说，译文用的全是漂亮的古文。

可是书出版后，摆在东京的书店里却几乎无人问津；前后拢共只卖出二十来本，余下的存在仓库里，被一场大火烧掉了。

这次"碰壁"，让鲁迅明白：文言文已经成了阻碍人们顺畅交流的绊脚石啦！——这以后，他与周作人积极参与新文化运动，大力提倡白话文，显然跟这次经历有关。

鲁迅译《死魂灵》早期版本

鲁迅偏爱俄国文学，他一生翻译了二百万字的外文著作，其中俄国的文学作品占了好大比重。人们熟悉的，就有果戈理的《死魂灵》，法捷耶夫的《毁灭》，雅各武莱夫的《十月》。鲁迅精通德文，翻译《死魂灵》时，是用德文译本做底本的。看看小说开篇的一段：

省会NN市的一家旅馆的大门口，跑进了一辆讲究的、软垫子的小小的篷车，这是独身的人们，例如退伍陆军中佐、步兵二等大尉、有着百来个农奴的贵族之类，——一句话，就是大家叫作中流的绅士这一类人所爱坐的车子。车里面坐着一位先生，不很漂亮，却也不难看；不太肥，可也不太瘦；说他老是不行的，然而他又并不怎么年青了。他的到来，旅馆里并没有什么惊奇，也毫不惹起一点怎样的事故；只有站在旅馆对面的酒店门口的两个乡下人，彼此讲了几句话，但也不是说坐客，倒是大抵关于马车的。"你瞧这轮子，"这一个对那一个说，"你看怎样，譬如到莫斯科，这还拉得到么？"——"成的，"那一个说，"到凯山可是保不定了，我想。"——"到凯山怕难，"那一个回答道。谈话这就完结了。……

这是九十年前的译文，今天读起来，仍感到顺畅而有味。

鲁迅搞翻译，还有一套理论主张呢。譬如他强调"直译"乃至"硬译"，说是"宁信而不顺"——也就是为了准确，宁可牺牲顺畅！为此，他还写过杂文，跟别的翻译家打过笔仗呢。

周作人则精通日语、英语，还懂古英语和古希腊语。早年他发表在《域外小说集》中的译作，就是从英文翻译的。晚年，他还翻译了希腊悲喜剧、希腊神话和《伊索寓言》，还有日文的《古事记》《狂言选》《枕草子》《浮世澡堂》等，都是日本传统文学的经典。

俄文翻译家们

周作人晚年还曾为《源氏物语》的翻译把过关呢，那是一部日本古代长篇小说，用日文古语写成，连日本读者读了也要皱眉头呢！

这部小说的翻译者，是同样精通日语的丰子恺（1898—1975）。他在20世纪60年代初接受了人民文学出版社的委托，全力以赴，用了四年时间，才最终完稿。为稳妥起见，出版社特邀周作人对译稿进行校订。可惜因时局变化，此书在20世纪80年代才面世，那时译者、校者都已不在人世了！

丰子恺其实更精通俄文，他在七十年前翻译的俄国屠格涅夫的《猎人笔记》，文笔优美，至今仍被视为最佳译本。

丰子恺还是漫画家和散文家。他早年师从李叔同学习绘画，以后东渡日本深造，归国后在中学教授音乐和美术，同时发表了大量漫画和散文。他的漫画别具一格，用简练圆熟的线条，画出许多生动的生活场景，画中的孩子形象尤为可爱。——丰子恺也成了公认的"中国漫画之父"啦！

丰子恺的散文也跟他的绘画一样，亲切有味，让人在不知不觉中接受着真善美的熏染。他的散文集有《缘缘堂随笔》《缘缘堂续笔》等。

说到俄文翻译家，还不能不提瞿秋白和曹靖华，这两位都是鲁迅的挚友。瞿秋白（1899—1935）是中国共产党早期领导人之一，曾两度赴苏联学习、工作。20世纪30年代初，他在上海养病，与鲁迅结下深厚友谊。他翻译过《国际歌》，还译过不少俄国文艺理论作品。他牺牲后，鲁迅亲自搜集整理他的译作，出版了译文集《海上述林》。

曹靖华（1897—1987）是鲁迅的忘年友，也曾两度赴苏，替鲁迅搜集了大量苏俄的书籍和版画。曹靖华自己也搞翻译，代表作是俄国作家绥拉菲摩维支的长篇小说《铁流》。译稿由鲁迅出资，在三闲书屋

瞿秋白

出版。这部书影响深远，还曾在红军长征的队伍里广泛传阅呢。

喜欢俄国文学的读者，常能在译本上见到汝龙这个名字。没错，汝龙（1916—1991）是位勤奋的翻译家，对俄国作家契诃夫情有独钟，翻译过契诃夫全集，还译过托尔斯泰的《复活》、高尔基的《在人间》。

不过他早年在教会学校学的是英语，翻译俄国文学，需要从英文版转译，属于"二传手"。为了更好地把握俄国文学的精髓，他四十岁时开始自学俄语，硬是把契诃夫全集和《复活》按俄文原作重译了一遍，他的毅力，值得钦佩。

还有一位俄国文学翻译家叫刘辽逸（1915—2001），他早年毕业于北平大学俄文商学系，接受过专业的俄语训练，还得到曹靖华的亲自指点呢。日后他一面教书，一面搞翻译。由于时局动荡，常常在漂泊途中见缝插针地工作，译稿丢失再译几乎成了家常便饭。

20世纪50年代，刘辽逸进入人民文学出版社从事编辑工作，汝龙的不少译作，便是经他手审定的。——繁重的编辑工作没影响他继续从事翻译，他翻译的《远离莫斯科的地方》在当时影响巨大，50年代的青年学子几乎人手一册。60年代初，他又接受了翻译托尔斯泰《战争与和平》的重任——这书此前也有译本，却是从英文版转译的。以后的二十多年，除了中间有几年被迫放下译笔，他全身心地投入到巨著的翻译中，终于在80年代译毕出版。由于译文准确，风格朴实，被公认为托翁作品的最优译本。——他还译过托翁的《哥萨克》《哈吉穆拉特》和高尔基的《童年》等。

谁是莎剧全译第一人

刘译本之前的《战争与和平》，是翻译家董秋斯（1899—1969）根据英译本转译的。董秋斯是与曹靖华同辈的翻译家。除了托翁巨著，他还翻译过众多英国文学名著，最有代表性的是狄更斯的《大卫·科波菲尔》，这个本子也成为英文中译的典范。

说到英国文学的翻译，就不能不提朱生豪（1912—1944）。他毕业于杭州之江大学中国文学系和英语系，读书时即才华显露。

朱生豪

毕业后，他进入上海世界书局。1936年，二十四岁的朱生豪决心以一己之力翻译《莎士比亚戏剧全集》，这可是个大工程——传世莎剧有三十七部之多，且剧本词汇丰富，翻译难度极大。这反而激发了这位年轻才子的热情，只用一年时间，就译出九部！

磨难也接踵而来。第二年，日军攻占上海，朱生豪逃出寓所，随身只带了牛津版的莎士比亚全集和部分译稿。由于日军把世界书局当成兵营，他此前交付的译稿全被焚毁了。

毁了就再译。他在四处逃难的动荡生活中，凭借两本英文字典，很快又补译了前稿，并不断有新稿译出。1941年太平洋战争爆发，他的许多资料和译稿再度被毁。他不愿留在上海替日伪做事，便与新婚妻子隐居到嘉兴，凭借微薄的稿酬过着清贫的生活，仍旧每日伏案译书不止。

眼看案头的译稿越积越厚，他的健康却一天不如一天。1944年，只有三十二岁的朱生豪积劳成疾，不幸辞世。让他不能瞑目的，除了撇下新婚妻子和不满周岁的孩子，还有未能完成的莎剧翻译——他先后译出三十一部，已经看到胜利的曙光啦！

不过翻译界一直有个"谁是莎剧全译第一人"的争论，跟朱生豪争"第一"的，便是咱们前面介绍过的梁实秋。梁实秋着手翻译莎剧，比朱生豪还

朱生豪译《莎士比亚戏剧全集》

要早些，从1931年就开始了。那是由胡适牵头的一个翻译项目，当时参与的有好几位，但坚持到底的，却唯有梁实秋一人。——只是用时"稍微有点长"，第三十七部问世时，已是1967年，断断续续译了三十六年！

法文翻译有大师

说到法文翻译家，你最先想到的肯定是傅雷。——没错，孩子们大多是通过《傅雷家书》知道他的大名，这书曾被选入中学生课外阅读书目。

傅雷（1908—1966）是翻译家，又是艺术评论家。他早年留学法国，在巴黎大学文学院主修文艺理论。他一面读书，一面发表艺术评论文章，如《世界美术名作二十讲》《独一无二的艺术家莫扎特》等，还翻译了罗曼·罗兰的《三巨人传》——那是音乐家贝多芬、画家米开朗基罗和文学家托尔斯泰的传记。

傅雷

留学归来，傅雷一度在美术专科学校教授西方美术史和法语，渐渐地，他把主要精力转移到法国文学作品的翻译上来。他翻译了罗曼·罗兰的小说巨著《约翰·克利斯朵夫》——那书的中文译本有厚厚的四大册。

他还翻译了巴尔扎克"人间喜剧"中的许多作品，如《高老头》《欧也妮·葛朗台》《夏倍上校》《贝姨》《邦斯舅舅》《搅水女人》《幻灭》……共译了十四部。此外还有伏尔泰的《老实人》《天真汉》《查第格》以及梅里美的《嘉尔曼》《高龙巴》……

翻译巴尔扎克小说的中国译者还有穆木天、高名凯等。穆木天（1900—1971）毕业于日本东京大学法国文学专业，他是最早把巴尔扎克介绍给中国读者的翻译家，他的译作比傅雷的要早，书名的译法也有不同。看看这几个书名：《欧贞尼·葛朗代》《勾利尤老头子》《夏贝尔上校》《从妹贝德》《从兄蓬斯》——你们知道是指哪几部吗？

高名凯（1911—1965）也曾留学法国，学的是语言学，后来成为语言学家。他也译过不少巴尔扎克的小说。他的翻译风格偏于直译，傅雷的翻译则强调神似。我们试着看看两人对同一段法文的翻译，这是《欧也妮·葛朗台》一书的开头：

　　高名凯译文：外省的一些城市有许多房子，它的外观可以使人生出忧愁的感觉，就好像是最最苍黑的修道院、最荒凉的野地或最悲惨的残墟一样。也许这些房子适合修道院的寂寞、野地的荒芜和残墟的遗骸一样。那里的生活和动态是清静的，可以使一个外来的人以为是没有人烟的地方。除非他忽然碰到一个在十字窗的栏杆上，因为听到步声而往外探视的半道士式的面孔所发出的惨白冷酷的眼光。

　　傅雷译文：某些外省城市里面，有些屋子看上去像最阴沉的修道院，最荒凉的旷野，最凄凉的废墟，令人悒郁不欢。修道院的静寂，旷野的单调和废墟的衰败零落，也许这类屋子都有一点。里面的生活起居是那么幽静，要不是街上一有陌生的脚声，窗口会突然探出一个脸孔像僧侣般的人，一动不动，黯淡而冰冷的目光把生客瞪上一眼的话，外乡客人可能把那些屋子当做没有人住的空屋。

两人的翻译风格有所不同，不知你们更喜欢哪一个。

几位女翻译家

　　现代翻译家中也有女性。譬如冰心翻译过印度大诗人泰戈尔的诗集《吉檀迦利》，至今还是无法超越的译文经典。

　　此外，新月派诗人陈梦家的夫人赵萝蕤（ruí）（1912—1998）毕业于燕京大学英语系，毕业后曾独立翻译了英国诗人艾略特的长诗《荒原》，那首诗的深奥与晦涩是出了名的，诗行里甚至还夹杂着古梵文！可在当时很少有人知道，那么漂亮贴切的译文，竟是出自一位二十出头的姑娘之手！

　　女作家杨绛同时又是翻译家，她通晓英语、法语、西班牙语。她直接从西班牙语翻译的《堂吉诃德》，文字流畅，注释详尽，被公认为最优秀的翻译作品之一。杨绛也因促进中国与西班牙的文化交流，荣获西班牙国王颁发的骑士勋章。

杨绛享寿105岁，是位老寿星。跟她同样高寿的，还有一位女翻译家杨苡（1919—2023）。她早年就读于西南联大外文系，毕业后一直从事外语教学及翻译工作，还一度到德国去教书。她一生翻译过许多外国名作，最有名的一部是英国女作家勃朗特的小说《呼啸山庄》。——此书曾有梁实秋的译本，书名译为《咆哮山庄》，显然不如《呼啸山庄》来得传神。

其实作为翻译家，杨苡的哥哥杨宪益（1915—2009）名气更大。他早年在天津教会学校读书，1934年远赴英国留学，在牛津大学学习古希腊罗马文学、中古法国文学及英国文学。

杨宪益在留学期间认识了英国女孩儿戴乃迭（1919—1999，戴乃迭是她的中文名字），她是个英国传教士的女儿，出生在中国，酷爱中国文化。她在牛津读书时，被杨宪益的才华所吸引，改学中国语言文学，成为牛津第一位中文学士。她不顾双亲的反对，毅然随杨宪益回到战火中的中国。婚后，杨宪益一面在大学教书，一面与妻子合作搞翻译。

杨宪益与戴乃迭夫妇都是翻译家

杨宪益、戴乃迭将《红楼梦》译为英文

当时翻译界的主流，是把外国著作翻译成中文，杨宪益夫妇的做法正相反，他们立志要把优秀的中国传统文化介绍到外国去。他们翻译的中国传统典籍，从《诗经》《楚辞》，直至明清小说。连《离骚》那样艰深的古典，也难不住他们。据说工作时，杨宪益手捧作品口译，戴乃迭飞快地打字记录，记录后再修改润色，一篇篇优美的中国诗文英译稿就这样诞生啦。

不过要说两人合译的巅峰之作，就不能不提《红楼梦》，此前还从没有人把这部东方巨著一字不落地翻译成英文，介绍给全世界！——戴乃迭是位外国女性，却把自己的一生奉献给中国文化，格外令人感动！

火树银花映笑颜

爷爷停了一下又补充说："有些早期翻译家的名字，已经不大被人提起啦，如傅东华（1893—1971），他是资格最老的翻译家之一。他译过希腊的《荷马史诗》、英国弥尔顿的《失乐园》、西班牙塞万提斯的《堂吉诃德》，还有美国女作家米切尔的《飘》，另有不少外国文学理论名著。——论起品类之多，没人能赛过他。

"另一位翻译家罗念生（1904—1990）正相反，他把全部精力都集中到古希腊经典的翻译上。他早年就读于清华大学，和朱湘、闻一多是同学。日后他赴美留学，专攻英美文学和希腊文学。

"他一生翻译了一千万字的古希腊作品，包括全部古希腊悲喜剧，还有古希腊学者亚里士多德的《诗学》《修辞学》以及大量古希腊的诗歌、寓言、散文、史书等。他还主编了《古希腊语-汉语辞典》。——为了表彰他的贡献，希腊雅典科学院于1987年授予他'最高文学艺术奖'，国际上获此殊荣的，只有四人！

"对了，还有一位翻译家不能不提，就是季羡林先生（1911—2009），他早年考入清华大学西洋文学系，专攻德文。1935年赴德国留学，学习印度梵文，那是一种古老的文字，就是在印度也没几个人能懂。

"季羡林留德十年，归国后到北京大学任教。他翻译了大量印度古文献，其中包括剧本《沙恭达罗》、寓言故事集《五卷书》，还有长达两万颂的印度史诗《罗摩衍那》，全都是由梵文直接翻译过来的。

季羡林（丁聪绘）

"翻译这部史诗，足足花费十年光阴。季老总结说：'时间经过了十年，我听过三千多次晨鸡的鸣声，把眼睛熬红过无数次，经过了多次心情的波动，终于把这书译完了。'——这又像是替所有翻译家讲出他们的内心感慨呐！"

爷爷的一番介绍，引起小哥儿俩对外国文学的极大兴趣。两人小声嘀咕了一会儿，沛沛抬头对爷爷说："真遗憾，马上要开学了，咱们的讲座也只好告一段落啦。能不能跟您预约，等放了暑假，您再给我们讲讲外国文学？"

爷爷笑了："你们这个预约，是不是有点儿早啊？——不过有位近代学者说得好：'天下第一好事，还是读书。'爱读书，我当然要支持啦！外国文学我也很喜欢，对第一流的作家作品，也还有一些了解。不过要系统介绍，我还得认真备备课，借这个机会自己也多读几本书。学无止境，活到老学到老嘛！"

见爷爷答应得这么痛快，小哥儿俩别提多高兴了。忽然，院子里红光灿灿，鞭炮声大作，孩子们正在放花炮呢。爷爷和沛沛、源源来到窗前，只见垂花门上高高挂起两盏大红宫灯，枝杈繁茂的老槐树映着灿烂的烟花，像是一棵通体透亮的玉树！

火光把三张脸映得通红，爷儿仨笑得多么开心啊！

近现代文学家简明词典（以出生年为序）

林则徐（1785—1850），字元抚，一字少穆，晚号竢（sì）村老人，福建侯官（今福州）人。嘉庆进士。历任江苏巡抚、两广总督、湖广总督等。因虎门销烟、抗击英人，为国人敬仰。曾开设译馆，亲自主持编译《四洲志》，被誉为"开眼看世界第一人"。有《林文忠公政书》《信及录》《林则徐集》等。

龚自珍（1792—1841），字璱（sè）人，号定盦（ān），浙江仁和（今杭州）人。道光进士，曾任礼部主事。主张经世致用，致力于边疆历史地理的研究。为文奥博纵横，诗词亦有可观，称"龚派"。著有《定盦文集》等，后人辑有《龚自珍全集》。

魏源（1794—1857），原名远达，字默深，湖南邵阳人。道光进士，官至高邮知州，主张通经致用。后将林则徐主持翻译的《四洲志》增补为《海国图志》。著有《圣武记》《古微堂集》《元史新编》等。

郑珍（1806—1864），字子尹，晚号柴翁，别号子午山孩、五尺道人、且同亭长，贵州遵义人，晚清学者，"宋诗派"代表人物。著有《仪礼私笺》《说文逸字》等。

沈小庆（1806—1855），清道光咸丰年间京剧武生演员，相传他喜听评书《施公案》，自编《恶虎村》《连环套》等"施公戏"。

石玉昆（约1810—1871），字振之，天津人。擅唱子弟书，其唱调称为"石韵""石派书"。所唱《龙图公案》轰动一时，书稿刊出，题为《龙图耳录》，后改名《三侠五义》。

曾国藩（1811—1872），原名子城，字伯涵，号涤生，卒谥"文正"，湖南湘乡人。道光进士，曾任翰林院侍讲学士，礼部、吏部、兵部侍郎等。后组织湘军镇压太平军，授两江总督。破天京（今南京）后加太子太保，受封一等侯爵。与李鸿章、左宗棠同办洋务。有《求阙斋诗文集》《家书》《经史百家杂钞》《十八家诗钞》等。有《曾文正公全集》传世。

刘熙载（1813—1881），字伯简，号融斋，晚号寤崖，江苏兴化人。进士出身，授编修，曾任广东提学使。晚年主讲上海龙门书院。著有《四音定切》《说文双声》《说文叠韵》《昨非集》《艺概》等，汇刻为《古桐书屋六种》。

郭嵩焘（1818—1891），字伯琛，号筠仙。道光进士，曾随曾国藩办团练。1876年首任驻英公使，后兼驻法公使。主张学习西方科技，办铁路，兴矿务。著有《养知书屋遗集》《使西纪程》《史记札记》等。

魏秀仁（1819—1874），字伯肫，又字子安，号眠鹤道人等。嘉庆举人，曾任直隶知县、台湾训导等，主讲于渭南、成都等地。著有小说《花月痕》。另有《咄咄录》《陔南山馆诗钞》《诗话》等著作。

俞樾（1821—1907），字荫甫，号曲园，浙江德清人。道光进士，曾任翰林院编修、河南学政，主讲苏州紫阳书院、上海求志书院及杭州诂经精舍。并任浙江书局总办，所刻书称善本。改编《三侠五义》为《七侠五义》，著述编入《春在堂全书》。

文康（约1821—1875），姓费莫氏，字铁仙，一字悔庵，满洲镶红旗人。小说发表时署名"燕北闲人"。曾任理藩院郎中，徽州知府。后被任命驻藏大臣，因病未赴任。晚年家道中落。著有《儿女英雄传》。

张裕钊（1823—1894），字廉卿。咸丰举人，历主江宁、湖北等书院。师事曾国藩，为"曾门四弟子"之一。著有《濂亭全集》。

黎庶昌（1837—1897），字莼斋，贵州遵义人。廪贡生，"曾门四弟子"之一，曾为驻英、法、德、日等国外交官。尊崇桐城派，著有《拙尊园丛稿》《西洋杂志》等。

薛福成（1838—1894），字叔耘，号庸盦，江苏无锡人。"曾门四弟子"之一。曾作《筹洋刍议》，主张效法西方，革新政治，提倡发展民族企业。历任浙江宁绍道台、湖南按察使。出任驻英、法、比、意四国公使。有《庸盦全集》。

张胜奎（生卒年不详），又名张奎官，北京人。曾于四喜班演出多年，饰演老生，唱念做俱佳，为"同光十三绝"之一。自编自演《彭公案》《四进士》等剧目，为人称道。

吴汝纶（1840—1903），字挚甫，安徽桐城人。同治进士，曾任京师大学堂总教习，"曾门四弟子"之一。提倡西学，文宗桐城。著有诗文集《东游丛录》《诗说》，后人辑为《桐城吴先生全书》。

黄遵宪（1848—1905），字公度，别号人境庐主人，广东嘉应州（今梅州）人。光绪举人，曾任驻日、美、英、新加坡外交官。积极办理洋务，创办报纸及新式学堂。因参与维新运动遭弹劾。文学上主张改革，在诗歌革新方面成绩显著。著有《人境庐诗草》《日本国志》等。

林纾（1852—1924），原名群玉，字琴南，号畏庐，别署冷红生，福建闽县（今属福州）人。光绪举人，曾任教于京师大学堂。辛亥革命后以遗老自居，曾任教于北京大学。他本人不习外语，借助他人口译，翻译外国小说一百七十余种，以小仲马《巴黎茶花女遗事》、司各特《撒克逊劫后英雄略》最有名。著有《畏庐文集》。

陈三立（1853—1937），字伯严，号散原，江西义宁（今修水）人。光绪进士，曾任吏部主事。参与维新变法，后被革职。为同光体重要代表。是晚清名臣陈宝箴之子，国学大师陈寅恪之父。著有《散原精舍文集》《散原精舍诗》等。

严复（1854—1921），字又陵，又字几道。福建侯官（今福州）人。福州船政学堂第一届毕业生，留学英国海军学校。归国后任北洋水师学堂总教习，后升总办。又任京师大学堂编译局总办，审定名词馆总纂。支持变法维新。先后翻译《天演论》《原富》《群学肄言》《法意》《穆勒名学》等。著有《瘉壄（yě）堂诗集》《严几道诗文钞》。

陈衍（1856—1937），字叔伊，号石遗，福建侯官（今福州）人。举人出身，为张之洞幕僚，颇通洋务。曾任官报局总编纂，学部主事。后任京师大学堂、厦门大学文科教授。是晚清宋诗派诗人、诗论家。著有《石遗室文集》《石遗室诗话》等。

韩邦庆（1856—1894），曾用名寄，字子云，号太仙，别署花也怜侬、三庆等，江苏松江（今上海）人。光绪贡生，曾为《申报》编辑，自办《海上奇书》文学杂志。撰有吴语小说《海上花列传》，另有文言小说集《太仙漫稿》。

刘鹗（1857—1909），原名孟鹏，字铁云，又字公约，别署鸿都百炼生，江苏丹徒（今镇江）人。曾参与治理黄河，后升任知府。先后在上海、天津兴办实业，一度东渡日本。1908年被诬盗卖仓米流放新疆，翌年病逝于迪化（今新疆乌鲁木齐）。通算学、乐律、治河，喜金石碑版。有小说《老残游记》，另撰有《铁云藏龟》《铁云泥封》等。

裘廷梁（1857—1943），别字可桴，江苏无锡人。清光绪举人，倡导白话文的先驱。极力提倡白话文，于1898年创办《无锡白话报》，并编辑《白话丛书》。著名文章有《论白话为维新之本》，有《可桴文存》传世。

汪笑侬（1858—1918），原名德克俊，字润田，号仰天，满族人。举人出身，曾任河南太康知县。后弃官不做，改名笑侬，从事戏剧活动，亲自登台演出，并自编新戏，抨击社会黑暗，抒发爱国情愫。新剧本有《哭祖庙》《瓜种兰因》《党人碑》《博浪椎》《献地图》《骂阎罗》《桃花扇》等。辑为《汪笑侬戏曲集》。

康有为（1858—1927），原名祖诒，字广厦，号长素，又号更牲（shēn），广东南海人，人称"康南海"。光绪进士，博通经史，兼研西学。1895年领导"公车上书"，倡言变法，推动并领导了"百日维新"，失败后逃亡海外，后于加拿大组织保皇会。在经学、文学、哲学等方面均有精深造诣。有《新学伪经考》《孔子改制考》《大同书》《康南海先生诗集》等。

丘逢甲（1864—1912），字仙根，号仲阏（è），别署仓海君，祖籍广东，生于台湾苗栗县。进士出身。1895年清廷割让台湾给日本，他曾刺血上书，又组织义军抗日，失败后赴广东，从事教育并参与政治活动。著有《岭云海日楼诗钞》等。

谭嗣同（1865—1898），字复生，号壮飞，湖南浏阳人。曾为候补知府。著有《仁学》。曾办《湘报》，并参办时务学堂。积极参与变法，是维新运动的激进派，失败后被捕就义，为"戊戌六君子"之一。有《谭嗣同全集》。

吴沃尧（1866—1910），原名宝震，字小允，又字茧人，后改趼（jiǎn）人，广东南海佛山人，又取笔名"我佛山人"。生于北京，主要活动于上海。主编《字林沪报》副刊、《月月小说》等，小说代表作有《二十年目睹之怪现状》《痛史》《恨海》《九命奇冤》《糊涂世界》《劫余灰》《上海游骖录》《近十年之怪现状》等。

李宝嘉（1867—1906），又名宝凯，字伯元，别号南亭亭长，笔名有游戏主人、讴歌变俗人等，江苏武进（今常州）人。晚清秀才，通英文。曾办《指南报》《游戏报》，主编商务印书馆《绣像小说》半月刊。小说作品颇多，有《官场现形记》《文明小史》《中国现在记》《活地狱》《海上繁华梦》等，又有《南亭笔记》《滑稽丛话》《庚子国变弹词》《醒世缘弹词》等。

曾朴（1872—1935），初字太朴，后改孟朴，又字小木、籀斋，笔名东亚病夫，江苏常熟人。光绪举人，曾入北京同文馆学习法语，为两江总督端方幕僚，辛亥革命后曾任江苏财政厅厅长等职。在上海创办小说林社，创设真善美书店。小说作品有《孽海花》《鲁男子》，译有法国小说《九三年》《钟楼怪人》等。

曾孝谷（1873—1937），名延年，号存吴，四川成都人。清末留学日本，与李叔同等在东京创办春柳社，将美国小说《黑奴吁天录》改编为同名话剧，是中国最早的话剧剧本。

梁启超（1873—1929），字卓如，号任公，又号饮冰室主人，广东新会人。光绪举人，1895年赴京会试，随康有为发动"公车上书"，后积极参与"百日维新"。变法失败后逃亡日本，一度鼓吹君主立宪。辛亥革命后任司法总长、财政总长等。曾力倡诗界、小说界、文界革命，开白话文风气。晚年任教于清华，为"四大导师"之一。一生著述甚丰，涉及政治、经济、哲学、历史、语言文字、文化艺术，有散文《少年中国说》《戊戌六君子传》等，学术专著《中国近三百年学术史》等。有《饮冰室合集》。

陈去病（1874 1933），原名庆林，字佩忍，号垂虹亭长，江苏吴江（今属苏州）人。早年参加同盟会，追随孙中山，进行革命宣传活动，后曾任东南大学中文系教授。他是南社创始人之一。有《浩歌堂诗钞》，辑有《清秘史》《陆沉丛书》等。

成兆才（1874—1929），字捷三，艺名东来顺，河北滦县人。十八岁从"莲花落"艺人金开福习艺，善老生、老旦、丑等行当，在评剧形成过程中贡献巨大。创作、改编剧本九十多种，以《杨三姐告状》《花为媒》最著名。

金天翮（1874—1947），初名懋基，又名天羽，字松岑，号鹤望，别署麒麟、爱自由者，江苏吴江人。曾撰小说《孽海花》前十回，有《天放楼文言》《天放楼诗集》《红鹤词》等。

林白水（1874—1926），原名獬，又名万里，字少泉，署宣樊，号白水，又号白话道人，福建闽侯人。曾加入同盟会，任民国总统府秘书等职。先后创办《公言报》《中国白话报》《新社会报》等。1926年因抨击军阀张宗昌而被杀。著有《剑绮缘》《生春红室金石述记》等，译有《自助论》，有《林白水先生遗集》。

秋瑾（1875—1907），字璿卿，号竞雄，别号鉴湖女侠，女，浙江山阴（今绍兴）人。曾留学日本，加入光复会、同盟会。1907年创办《中国女报》并于绍兴主持大通学堂。在浙皖起义前夕被捕，不屈而死。有《秋瑾集》。

高旭（1877—1925），字天梅、号剑公，江苏金山（今属上海）人。早年倾向维新变法，1904年赴日留学，参加同盟会。他是南社的创始人之一。诗文有《天梅遗集》。

王国维（1877—1927），字静安、伯隅，号观堂，又号永观，浙江海宁人。清末秀才，早年在东文学社学习外语、哲学、文学等。1901年赴日本留学，归国后在南通、苏州等学堂讲学。后赴北京，于学部图书局任职。辛亥以后一度避居日本，致力于古文字等研究。1925年任清华国学研究院教授，为"四大导师"之一。1927年投北京颐和园昆明湖自尽。著有《人间词话》《宋元戏曲考》《殷卜辞中所见先公先王考》《观堂古金文考释》《观堂集林》等，有《静安文集》。

陈独秀（1879—1942），原名庆同，又名乾生，字仲甫，号实庵，安徽怀宁（今安庆）人。清末秀才，1901及1907年两次赴日本留学。归国后主编《新青年》杂志，倡导新文化运动。1917年被聘为北京大学文科学长，并与李大钊创办《每周评论》。1919年参加领导五四运动，是中国共产党创始人之一。主要著作编为《独秀文存》等。

李叔同（1880—1942），名广侯，字叔同，以字行，号漱筒，祖籍浙江平湖，生于天津。1905年赴日学习美术，主编音乐杂志，发起春柳社，演出话剧，回国后于浙江两级师范学校教授音乐、美术。1918年于杭州虎跑寺为僧，法名演音，号弘一。编有歌曲《祖国歌》《大中华》《送别》《晚钟》等，著有《李庐诗钟》《护生画集》，编撰《寒茄集》《南山律宗传承史》等。

鲁迅（1881—1936），原名周樟寿，后改树人，字豫才，浙江绍兴人。1902年留学日本，初学医，后从事文学活动，并参加光复会。归国后任职于民国教育部，并在北京大学、北京女子师范大学任教。"五四"时积极参加新文化运动，参加《新青年》编委会。1926年到厦门大学任教，1927年赴上海，先后参与发起中国自由运动大同盟、中国左翼作家联盟等，曾领导、支持未名社、朝花社。先后主编《国民新报副刊》《莽原》《语丝》《奔流》《萌芽》《译文》等文艺期刊，小说代表作有《狂人日记》《阿Q正传》《祝福》等，出版小说杂文集《呐喊》、《彷徨》、《坟》、《热风》、《华盖集》、《野草》、《朝花夕拾》、《故事新编》、《而已集》、《三闲集》、《二心集》、《南腔北调集》、《伪自由书》、《准风月谈》、《花边文学》、《且介亭文集》（《且介亭杂文二集》《且介亭杂文末编》）、《集外集》、《集外集拾遗》等，学术著作有《中国小说史略》《汉文学史纲要》，整理《嵇康集》，辑录《古小说钩沉》《唐宋传奇录》《小说旧闻钞》《会稽郡故书杂录》等。

苏曼殊（1884—1918），原名戬，一名玄瑛，字子谷，出家后法号曼殊，原籍广东香山（今中山），生于日本。父为旅日侨商，母为日本人。曾在日本读书，回国后落发为僧。从事新闻及教育工作，通日、梵、英、法等文字，是诗人、小说家、翻译家、画家。有小说《断鸿零雁记》《天涯红泪记》《绛纱记》《焚剑记》等，开鸳鸯蝴蝶派之先声。后人辑有《曼殊全集》。

吴双热（1884—1934），名恤，江苏常熟人。毕业于虞南师范学校，是鸳鸯蝴蝶派主要作家，与徐枕亚等创办《小说丛报》。有小说《孽冤镜》《兰娘哀史》《无边风月传》等，有《双热小说精华》。

周作人（1885—1967），原名櫆寿，后改遐寿，字启明、启孟，号知堂、药堂、独应等，笔名岂明、仲密，浙江绍兴人，是鲁迅之弟。1906年留学日本，辛亥革命后回国，历任北京大学、燕京大学教授。积极参与新文化运动，是《新青年》重要作者。后与郑振铎等发起成立文学研究会，与鲁迅、林语堂等创办《语丝》周刊。抗战时期留居北平，出任伪职，曾一度入狱。著作颇丰，有《中国新文学的源流》《自己的园地》《雨天的书》《鲁迅的故乡》《知堂回想录》等，另有译著《日本狂言选》《伊索寓言》《欧里庇得斯悲剧集》等。

柳亚子（1887—1958），原名慰高，又名人权、弃疾，字安如，又字亚庐、稼轩，号亚子，江苏吴江人。清末秀才，同盟会员，1909年创办文学团体南社，后加入国民党，任总统府秘书。"四·一二"政变后一度逃亡日本，归国后从事民主活动。有《磨剑室诗集》《磨剑室词集》《磨剑室文集》《柳亚子诗选》等。

钱玄同（1887—1939），原名钱夏，字中季，号德潜，又号疑古，浙江吴兴（今湖州）人。1906年赴日本留学，曾师从章太炎学习国学。1910年回国。先后在北京大学、北京高等师范学校任教，任《新青年》编辑。曾化名"王敬轩"与刘半农导演双簧戏，宣传新文化。提倡文字改革，创议并参与制定国语罗马字拼音方案。著有《文字学音篇》《音韵学》《中国文字概论》等。

李大钊（1889—1927），原名耆年，字寿昌，号龟年，后改字守常，直隶（今河北）乐亭人。早年考入天津北洋法政专门学校。1913年留日，入读东京早稻田大学政治本科。1916年回国，任《晨钟》总编辑，1918年任北京大学图书馆主任兼经济学教授。参与《新青年》编辑工作，发表《庶民的胜利》等著名文章，并与陈独秀创办《每周评论》。他是中国共产党创始人之一，并协助孙中山推行"联俄、联共、扶助农工"的政策。1927年被军阀张作霖杀害。遗著编为《李大钊选集》《李大钊文集》。

徐枕亚（1889—1937），名觉，别署东海三郎、泣珠生等，江苏常熟人。南社社员，为鸳鸯蝴蝶派主要作家，创办《小说丛报》。著有小说《玉梨魂》，轰动一时。另有长篇小说《余之妻》《双鬟记》《兰闺恨》《刻骨相思记》《秋之魂》等。有杂著《枕亚浪墨》。

欧阳予倩（1889—1962），原名欧阳立袁，号南杰，艺名莲笙、春柳、桃花不疑庵主等。十五岁留学日本，1907年参加春柳社。回国后积极从事戏剧活动，并加入南国剧社。1932年加入左翼戏剧家联盟。新中国成立后任文联副主席、戏剧家协会副主席、中央戏剧学院院长。有剧本《运动力》《天涯歌女》《桃花扇》等，论文集《一得余抄》。有《欧阳予倩文集》行世。

刘半农（1891—1934），原名寿彭，改名复，字半农，号曲庵，江苏江阴人。1917年到北京大学任教，曾与钱玄同导演双簧戏，宣传新文化。1920年赴英、法留学，1925年获法国国家文学博士学位。归国后在北京大学、中法大学、辅仁大学及中央研究院历史语言研究所任教授、研究员。著有《半农杂文》《扬鞭集》《中国文法通论》《四声试验录》等。

胡适（1891—1962），初名嗣穈，学名洪骍（xīng），字希疆，后改名胡适，字适之，安徽绩溪人，生于上海。早年在家乡读私塾，后就读于上海澄衷学堂及上海公学。1910年赴美，入康奈尔大学学农科，后转入哥伦比亚大学专治哲学，为实用主义哲学家杜威的学生。1917年回国，任教于北京大学，参与编辑《新青年》，倡导新文学，是新文化运动的代表人物。先后参办《每周评论》《独立评论》等。抗战时期被任命为驻美大使，抗战胜利后任北京大学校长。1949年后移居美国。一生获博士学位三十六个。有诗集《尝试集》，文集《胡适文存》，学术著作《中国哲学史大纲》、《白话文学史》（上）、《章回小说考证》等，另有《胡适自传》《四十自述》《藏晖室札记》《胡适日记》等，尚有译著若干。

郭沫若（1892—1978），原名郭开贞，号尚武，笔名沫若，四川乐山沙湾镇人。于1914年、1928年两度赴日留学及避难，积极参加五四运动，1921年与郁达夫等组织创造社。后参加北伐战争、南昌起义、抗日战争、解放战争，是革命文化的领袖人物之一。中华人民共和国成立后曾任中国科学院院长等职。重要著作有白话诗集《女神》，著名政论文《请看今日之蒋介石》《甲申三百年祭》，话剧《屈原》《虎符》《蔡文姬》等，学术专著《中国古代社会研究》《甲骨文字研究》《卜辞通纂》《青铜时代》《十批判书》《奴隶制时代》以及自传体散文《洪波曲》等。有《沫若文集》《郭沫若全集》行世。

许地山（1893—1941），原名赞堃（kūn），又名叔丑，笔名落华生，祖籍广东，生于台湾台南。五四运动时参与发起文学研究会，1926年在英国牛津大学获文学硕士，1935年受聘于香港大学。小说作品有《空山灵雨》《缀网劳蛛》《危巢坠简》等，译著有《二十夜间》《太阳底下降》等，编有《印度文学》《中国道教史》。

张资平（1893—1959），广东梅县人。曾赴日留学，入东京帝国大学学习地质，后与郭沫若等组织创造社。回国后于武昌、上海等地高等学校任教，1940年于南京出任伪职。著有《冲积期化石》《资平小说选》《苔莉》《最后的幸福》等，有译著《文艺新论》《近世社会思想史纲》等。

傅东华（1893—1971），本姓黄，因过继而改姓傅，又名则黄，笔名伍实、郭定一等，浙江金华人。早年毕业于上海南洋公学，入中华书局当翻译，并先后在北京高等师范学校、复旦大学等校任教。20世纪50年代起任中华书局编审、《辞海》语词学科主编等职。译作有《荷马史诗》《失乐园》《堂吉诃德》《飘》《安徒生童话》以及洛里哀的《比较文学史》、韩德的《文学概论》等，种类繁多，译笔精湛。

白薇（1893—1987），原名黄彰、黄鹂，别号素如，笔名尚有楚洪等，女，湖南资兴人。毕业于长沙第一女子师范学校，后赴日本留学，学习理科、历史及心理学。归国后参加北伐，后加入"左联"。代表作有小说《打出幽灵塔》《受难的女性们》及《丰灾》等，有话剧《苏斐》。

洪深（1894—1955），名达，字伯骏，号潜斋、浅哉，笔名庄正平、乐水等，江苏武进（今常州）人。1912年考入清华学校，1916年赴美留学。归国后长期从事戏剧活动，是中国话剧及电影事业的奠基人之一，曾任教于中华电影学校、复旦大学、暨南大学等校。1930年参加"左联"，后积极从事抗日救亡运动。有话剧剧本《赵阎王》《五奎桥》《香稻米》等，电影剧本《冯大少爷》《早生贵子》《歌女红牡丹》《风雨同舟》《鸡鸣早看天》等。有《洪深文集》四卷。

叶圣陶（1894—1988），原名叶绍钧，字秉臣，笔名尚有柳山、桂山、郢山等，江苏苏州人。一生从事教育及文学创作，曾编辑《小说月报》《妇女杂志》《中学生》等。1921年与茅盾、郑振铎等发起成立文学研究会，提出文学"为人生"的主张。"九一八"事变后参与发起成立"文艺界反帝抗日大联盟"等，中华人民共和国成立后任中国文史研究馆馆长。有长篇小说《倪焕之》，短篇小说集《隔膜》，童话集《稻草人》。有《叶圣陶文集》八卷。

张恨水（1895—1967），本名张远心，又名芳松，笔名恨水，祖籍安徽潜山，生于江西广信。幼读私塾，很早就卖文为生。1919年至北京，任《益世报》《世界日报》编辑，创作言情小说。"九一八"事变后，努力从事"国难小说"创作，足迹及于上海、南京、武汉、重庆。抗战后任北平《新民报》总经理，是鸳鸯蝴蝶派代表作家，擅长写章回小说。一生创作小说近百部，重要作品有《春明外史》《金粉世家》《啼笑因缘》《巷战之夜》《八十一梦》《五子登科》《落霞孤鹜》《满江红》《夜深沉》《蜀道难》《水浒新传》《大江东去》《石头城外》《热血之花》《纸醉金迷》《魍魉世界》等。

周瘦鹃（1895—1968），原名周国贤，江苏苏州人。曾主编《申报》副刊、《礼拜六》周刊、《紫罗兰》等，《礼拜六》成为鸳鸯蝴蝶派的代表刊物。他的作品除了早期鸳鸯蝴蝶派小说外，尚有短篇小说《亡国奴日记》《祖国之徽》，散文集《花前琐记》《花前续记》《行云集》等。译著有《福尔摩斯侦探案全集》等。

林语堂（1895—1976），原名和乐，后改玉堂，又改语堂，笔名有宰予、岂青等，福建龙溪（今属漳州）人。曾赴美、法、德等国留学，获哈佛大学硕士学位，莱比锡大学博士学位。归国后曾任北京大学英文系主任、厦门大学文学院院长、香港大学教授，并在联合国教科文组织任职。有小说《京华烟云》《风声鹤唳》《啼笑皆非》《红牡丹》等，散文集《人生的盛宴》《吾国与吾民》《剪拂集》《生活的艺术》《孔子的智慧》等，评论集《平心论高鹗》等，传记《苏东坡传》等。另编有英语教材及字典多种。

郁达夫（1896—1945），原名郁文，浙江富阳人。1913年赴日本留学，与郭沫若等在东京成立创造社。1922年回国后先后任教于北京大学、武昌师范大学、中山大学等，先后主编《创造月刊》《大众文艺》等刊物，与鲁迅交往密切。1938年客居南洋，1945年被日本宪兵秘密杀害于苏门答腊，1952年被追认为烈士。有短篇小说集《沉沦》，文集《寒灰集》《鸡肋集》《过去集》《奇零集》《屐痕处处》《我的忏悔》等，有《郁达夫文集》行世。

茅盾（1896—1981），原名沈德鸿，字雁冰，笔名尚有玄珠、方璧、蒲牢等，浙江桐乡人。1916年北京大学预科毕业，到上海商务印书馆工作，1920年任《小说月报》主编，参加发起文学研究会，1923年兼任上海大学教授。1928年赴日本，1930年回国，参加"左联"。一度到过新疆，并到延安访问、讲学。中华人民共和国成立后曾任文化部部长、作协主席。有小说《蚀》（《幻灭》《动摇》《追求》）、《虹》、《子夜》、《腐蚀》、《霜叶红似二月花》等。有《茅盾文集》《茅盾全集》行世。

曹靖华（1897—1987），原名联亚，曾用化名亚丹、郑汝珍等，河南卢氏县人。曾留学苏联并任教于莫斯科中山大学，归国后在北平大学女子文理学院、东北大学等校任教。中华人民共和国成立后任北京大学俄语系主任。主要译著有《铁流》等，有散文集《飞花集》等。

徐志摩（1897—1931），原名章垿（xù），字槱（yǒu）森、又申，笔名云中鹤、南湖等，浙江海宁人。1918年赴美学习银行学、政治学，1920年赴英入剑桥大学研究政治经济学。1921年开始写诗，受19世纪英国浪漫主义诗人影响。1922年回国，历任北京大学、上海光华大学教授，1931年死于飞机失事。是新月社主要成员之一，曾任北京《晨报》副刊主编，《新月》月刊总编辑。有诗集《志摩的诗》《翡冷翠的一夜》，散文集《落叶》《巴黎的鳞爪》等。

王统照（1897—1957），字剑三，笔名韦佩、默坚等，山东诸城人。五四运动后参与发起成立文学研究会，曾创办《曙光》月刊。20世纪30年代游历欧洲，后任山东大学中文系教授。著有诗集《童心》《横吹集》等，散文杂文集《北国之春》《青纱帐》等，小说《一叶》《黄昏》《山雨》《沉船》《春花》等。

成仿吾（1897—1984），原名灏，笔名石厚生、芳坞、澄实等，湖南新化人。早年留学日本，学习武器制造，后与郭沫若等创办创造社。曾任广东大学教授及黄埔军校教官，并赴欧学习。抗战时期任陕北公学校长，后一直从事高教工作。著有《长征回忆录》等。

朱自清（1898—1948），原名自华，号秋实，改名自清，字佩弦，原籍浙江绍兴，生于江苏扬州。1920年毕业于北京大学哲学系，先后在浙江省立第一师范、江苏第八中学、清华大学、西南联大等校任教，任清华大学中文系主任，曾加入文学研究会。1931年到英国访学，并漫游欧洲五国。文学创作以散文见长，有诗文集《踪迹》，散文集《背影》《欧游杂记》《你我》《荷塘月色》《匆匆》等，文艺论著《诗言志辨》《经典常谈》《精读指导举隅》《国文教学》《论雅俗共赏》等。有《朱自清全集》传世。

郑振铎（1898—1958），笔名西谛、郭源新，祖籍福建长乐，生于浙江永嘉。1917年入北京铁路管理学校读书，后任商务印书馆编辑。1921年与沈雁冰、叶圣陶等组织文学研究会，后主编《小说月报》。1927年旅居英法，1931年以后在燕京、清华、复旦、暨南等大学任教。1958年在出访时因飞机失事殉难。曾主编《世界文库》。有短篇小说集《家庭的故事》《桂公塘》等，散文集《佝偻集》《欧行日记》《山中杂记》《短剑集》《困学集》《蛰居散记》等，另有译著《飞鸟集》《新月集》等，著有《插图本中国文学史》《中国俗文学史》《西谛书话》等。有《郑振铎文集》。

田汉（1898—1968），原名田寿昌，笔名伯鸿、漱人等，湖南长沙人。早年赴日留学，与郭沫若等发起成立创造社，后与欧阳予倩等创办南国剧社。20世纪30年代加入"左联"，抗战时从事文化宣传活动，中华人民共和国成立后任中国戏剧家协会主席，"文革"中被迫害致死。有剧本《获虎之夜》《名优之死》《丽人行》《乱钟》《文成公主》《关汉卿》等。创作了大量诗歌、歌词，包括《义勇军进行曲》。有《田汉剧作选》《田汉文集》。

丰子恺（1898—1975），曾用名丰润、丰仁，字仁，号子恺，浙江崇德（今桐乡）人。1914年入省立师范学校从李叔同学习美术音乐，1921年赴日本学习。归国后长期从事美术和音乐教育工作，是我国漫画的开山者。文学作品有《缘缘堂随笔》《再笔》《率真集》等。另有《护生画集》六部及译著多种。

庐隐（1899—1934），原名黄淑仪，又名黄英，女，福建闽侯县人。六岁因父死而到北京投奔舅舅，幼时在教会学校读书。1912年考入女子师范学校，后又考入女子高师，毕业后在安徽、北平、上海的中学、大学任教。1921年参与发起文学研究会，一度赴日。有小说《一个著作家》《云萝姑娘》《象牙戒指》等，短篇集《海滨故人》《灵海潮汐》等，通信集《云欧情书集》。

瞿秋白（1899—1935），本名双，后改瞿爽、瞿霜，字秋白，生于江苏常州。中国共产党早期主要领导人之一。早年入北京俄文专修馆学习，1922年加入中国共产党，曾两度赴苏联采访、学习、工作。1931年到上海养病，与鲁迅结下深厚友谊。1935年于福建省长汀县被捕就义。鲁迅搜集他的译作，编为《海上述林》出版。撰有《赤都心史》《饿乡纪程》，译著有《高尔基创作选集》等。

闻一多（1899—1946），原名家骅、亦多，字友三、友山，笔名夕夕，湖北浠水人。1912年入清华学校，1922年赴美留学，研习美术，1925年归国。为新月社代表诗人，编辑《新月》杂志。先后在北京艺术专科学校、国立第四中山大学、武汉大学、清华大学、西南联大教授文学，积极从事抗日救亡及民主运动。1946年7月15日遭国民党特务暗杀。诗歌名篇有《太阳吟》《洗衣歌》《爱国心》《一句话》《我是中国人》《七子之歌》《唁词——纪念三月十八日的惨剧》《天安门》《欺负着了》《发现》等，有诗集《红烛》《死水》，学术论文集《古典新义》。遗著由朱自清编为《闻一多全集》四卷。

老舍（1899—1966），原名舒庆春，字舍予，笔名老舍，另有笔名絜青、鸿来、非我等，满洲正红旗人，生于北京。1918年毕业于北京师范学校，先后任北京第十七高等小学校长及天津南开中学、北京第一中学国文教员。1924年赴英国任伦敦大学东方学院汉语讲师，并开始从事小说创作，不久参加文学研究会。1930年归国，先后在齐鲁大学、山东大学任教，抗战时期任全国文艺界抗敌协会理事兼总务部主任。1946年赴美讲学，1949年回国。中华人民共和国成立后任中国文联副主席、作协副主席等。有长篇小说《老张的哲学》《赵子曰》《二马》《离婚》《猫城记》《大明湖》《牛天赐传》《骆驼祥子》《四世同堂》《正红旗下》（未完），中篇小说《我这一辈子》《月牙儿》，短篇小说集《赶集》《樱海集》《火车集》等，散文《趵突泉》《济南的冬天》等，话剧《龙须沟》《西望长安》《茶馆》等。有《老舍文集》行世。

董秋斯（1899—1969），河北静海（今属天津）人，1926年毕业于燕京大学哲学系。1930年曾参与"左联"的发起工作。20世纪50年代任《翻译》月刊主编，《世界文学》副主编，人民出版社编译室主任。主要译作有《大卫·科波菲尔》《高原牛的家》《战争与和平》《杰克·伦敦传》《卡尔·马克思》《烟草路》等。

穆木天（1900—1971），原名敬熙，吉林伊通人，象征派诗人的代表人物。早年赴日本留学，毕业于日本东京大学，并参加创造社。归国后先后在中山大学、同济大学、复旦大学、北京师范大学等校任教授。代表作品有《旅心》《流亡者之歌》，译作有《王尔德童话》《法国文学史》及巴尔扎克小说多种。

俞平伯（1900—1990），原名俞铭衡，字平伯，浙江德清人，俞樾曾孙。早年参加新文化运动，为文学研究会及语丝社成员。1919年毕业于北京大学，曾赴日考察，后任教于杭州第一师范学校、上海大学、燕京大学、北京大学、清华大学等。与朱自清创办《诗》月刊，有诗集《冬夜》《忆》，散文集《杂拌儿》《燕知草》《燕郊集》等。与胡适并创"新红学"，有《红楼梦辨》。

夏衍（1900—1995），本名沈乃熙，字端先，祖籍河南开封，生于浙江余杭县（今杭州）。早年入浙江甲种工业学校学习染织，后被保送日本学习机电。归国后参与筹备"左联"，抗战时期从事宣传活动，1944年任《新华日报》代总编辑，中华人民共和国成立后任文化部副部长。有话剧剧本《秋瑾传》《赛金花》《上海屋檐下》等，电影剧本《春蚕》《狂流》等，报告文学《包身工》。改编创作电影《在烈火中永生》《革命家庭》《祝福》《林家铺子》等。有《夏衍剧作集》《懒寻旧梦录》等。

冰心（1900—1999），本名谢婉莹，女，福建福州人。1913

年随家人迁京，就读于贝满女中，后入读协和女子大学、燕京大学。1923年赴美，在波士顿的威尔斯利学院攻读英国文学。1926年归国，在燕京大学、清华大学任教。抗战胜利后一度到日本东京大学讲中国新文学史。受"五四"影响，大学时就发表诗歌，积极参与文学研究会的活动。有诗集《繁星》《春水》，散文集《寄小读者》《再寄小读者》《三寄小读者》《南归》《平绥沿线旅行记》《樱花赞》等，小说集《超人》《往事》《姑姑》《去国》《陶奇的暑期日记》等，译作有《吉檀迦利》《泰戈尔诗集》《泰戈尔剧作集》等。

蒋光慈（1901—1931），原名如恒，又名光慈、光赤，安徽六安人。1921年赴苏联留学，归国后在上海大学任教。曾组织太阳社，编辑《太阳月刊》，一度去日本养病、写作。1930年加入"左联"，后病逝于上海。有诗集《新梦》《哀中国》，小说《少年漂泊者》《咆哮了的土地》等。

柔石（1902—1931），原名赵平福，后改平复，原籍浙江上虞，生于浙江宁海。1923年毕业于杭州第一师范学校，1928年任宁海教育局长。后任《雨丝》编辑，与鲁迅同办朝花社，并加入"左联"，是"左联五烈士"之一。有诗剧《人间的喜剧》，小说《二月》《三姊妹》《希望》《为奴隶的母亲》等。

韦素园（1902—1932），曾改名漱园，安徽霍邱人。早年赴苏联学习，后大量翻译俄苏文学作品。与鲁迅交往密切，曾主持未名社，并接编《莽原》半月刊。译作有果戈理《外套》等。

饶孟侃（1902—1967），别名子离，江西南昌人。1916年入清华学堂,1924年赴美留学。归国后任教于复旦大学、暨南大学、西南联大、四川大学、中国人民大学等校，新月派诗人。有诗集《泥人集》，小说《梧桐雨》，译著《兰姑娘的悲剧》等。

沈从文（1902—1988），原名沈岳焕，笔名休芸芸、甲辰、上官碧、璇若等，汉族，有苗族、土家族血统，湖南凤凰县人。十五岁从军，1922年到北京，旁听于北京大学。1924年正式发表文学作品，任教于西南联大、山东大学、北京大学，后从事历史、文物研究。有中长篇小说《边城》《长河》等，短篇小说集《老实人》《龙朱》《石子船》《月下小景》《八骏图》《雪晴》《春灯集》《黑凤集》等，散文集《从文自传》《湘行散记》《湘西》《废邮存底》《云南看云集》等，学术著作《中国古代服饰研究》。

胡也频（1903—1931），祖籍江西新建，生于福建福州。少年时当过学徒，后考入海军学校。1924年与丁玲结婚，1928年到上海，编辑杂志。1930年加入"左联"，是"左联五烈士"之一。主要著作有小说《到莫斯科去》《光明在我们的前面》等，有《胡也频诗稿》《胡也频选集》。

李伟森（1903—1931），原名国纬，字北平，笔名求实、林伟等。早年参加革命活动，1924年赴苏联莫斯科大学学习。1930年参加"左联"，是"左联五烈士"之一。有译著《范伽》《十年来之俄罗斯》等。

梁实秋（1903—1987），原名梁治华，字实秋，号均默，笔名子佳、秋郎等，祖籍浙江杭县（今余杭），生于北京。1915年入清华学校读书，1923年赴美留学，研习文学批评。回国后先后在暨南大学、青岛大学、北京大学、北京师范大学任教，是新月社成员，创办《自由评论》，并先后主编《世界日报》《北平晨报》副刊等。1949年以后任台湾省立师范大学教授。有《雅舍小品》《文学的纪律》《浪漫的与古典的》《偏见集》《文学批评论》《英国文学史》等，翻译《莎士比亚戏剧全集》三十七卷，主编《远东英汉大辞典》。

台静农（1903—1990），字伯简，笔名青曲、孔嘉等，安徽霍邱人。毕业于北京大学，早年是未名社成员，与鲁迅有交往。1927年起，先后任教于辅仁大学、厦门大学、山东大学、齐鲁大学等。1946年赴台湾，后任台湾大学中文系教授。有《台静农散文集》《台静农短篇小说集》等。

朱湘（1904—1933），字子沅，祖籍安徽太湖，生于湖南沅陵。1921年肄业于清华学校，1927年留美，就读于劳伦斯大学、芝加哥大学。1930年归国后任教于安徽大学。有诗集《夏天》《草莽集》《微雨》《石门集》等。译有《近代英国小说集》等。

林徽因（1904—1955），原名徽音，女，福建闽侯人。1920年在英国伦敦读中学，1923年赴美学习建筑艺术及戏剧，后与梁思成结合。归国后任教于东北大学、清华大学，从事古建筑研究，是新月派才女之一。有诗歌《你是人间的四月天》《那一晚》《山中一个夏夜》《笑》《情愿》等，短篇小说《九十九度中》《窘》等，散文《窗子以外》《一片阳光》等。有《林徽因诗集》。

丁玲（1904—1986），原名蒋伟，字冰之，笔名尚有彬芷、从喧等，女，湖南临澧人。1918年就读于桃源第二女子师范预科，1922年入上海大学中文系读书。后至北京，与胡也频结合。1930年加入"左联"，一度因参加革命活动被捕。1936年赴延安，历任中国文艺协会主任、《解放日报》文艺副刊主编等。中华人民共和国成立后先后任《文艺报》及《人民文学》主编。有小说《莎菲女士的日记》《韦护》《我在霞村的时候》《太阳照在桑干河上》（获斯大林文学奖）等。

罗念生（1904—1990），原名懋德，四川威远人。早年毕业于清华学校，后赴美国俄亥俄大学、康奈尔大学攻读英美文学和希腊文学。归国后在北京大学、武汉大学、山东大学、清华大学任教，后入中国社科院从事研究工作。有诗集《龙涎》，散文集《芙蓉城》《希腊漫话》，译著有《阿里斯托芬喜剧集》《索福克勒斯悲剧二种》《埃斯库罗斯悲剧二种》《欧里庇得斯悲剧集》《诗学》等。曾获雅典科学院文学艺术奖。

沙汀（1904—1992），本名杨朝熙，四川安县人，毕业于成都省立第一师范学校。1938年赴延安，在鲁迅艺术文学院任教，后回重庆从事写作。有小说《困兽记》《还乡记》《淘金记》《在其香居茶馆里》《木鱼山》等，散文集《过渡》等。有《沙汀选集》四卷。

艾芜（1904—1992），本名汤道耕，笔名尚有刘明、刘岩、汤爱吾等，祖籍湖北麻城，生于四川新繁。1921年考入成都四川省立第一师范学校，1925年后漂泊于云南、缅甸、马来西亚等地，当过小学教师、杂役、编辑等。1932年在上海加入"左联"。有小说集《南国之夜》《南行记》《童年的故事》《我的旅伴》《南行记续篇》《南行记新篇》，长篇小说《丰饶的原野》《百炼成钢》，散文集《欧行记》，评论集《浪花集》等。有《艾芜文集》二卷。

巴金（1904—2005），原名李尧棠，字甘苎，笔名巴金，祖籍浙江嘉兴，生于四川成都。1920年入成都外语专门学校攻读英语，后就读于南京东南大学附中，1927年赴法国。回国后专心从事文学创作，一度东渡日本。曾编辑《文学季刊》《文学月刊》等。中华人民共和国成立后曾任文联副主席、作协副主席。有长篇小说《灭亡》、"激流三部曲"（《家》《春》《秋》）、"爱情三部曲"（《雾》《雨》《电》）、"抗日三部曲"（《火》《冯文淑》《田惠世》），其他小说《寒夜》《憩园》《第四病室》等。有短篇小说集《复仇集》《将军集》等。晚年有散文集《随想录》等。

夏征农（1904—2008），江西丰城人。金陵大学肄业，1926年参加革命，从事宣传和教育工作。1933年加入"左联"，编辑《太白》杂志，与鲁迅多有交往。有小说《禾场上》《春天的故事》等。曾主持《辞海》编纂工作。

戴望舒（1905—1950），原名朝安、梦鸥，笔名江恩、戴月、艾昂甫等，浙江杭县（今属杭州）人。1923年考入上海大学中文系，后转入震旦大学。1931年加入"左联"，后赴法国留学。与卞之琳等创办《新诗》月刊。在香港曾遭日军逮捕。诗歌代表作有《雨巷》《寻梦者》《狱中题壁》《我用残损的手掌》等。有诗集《我的记忆》《望舒草》《望舒诗稿》《灾难的岁月》《戴望舒诗选》《戴望舒诗集》等。

孙大雨（1905—1997），原名孙铭传，字守拙，祖籍浙江诸暨，生于上海。毕业于清华学校，后留学美国。归国后在武汉大学、北京师范大学、北京大学、浙江大学等校教授英文。是新月派的代表诗人之一，有诗集《自己的写照》《精神与爱的女神》等。有译著多种，如《屈原诗选英译》《古诗文英译集》及莎士比亚戏剧等。

施蛰存（1905—2003），原名青萍，笔名安华、北山等。1929年发表小说《鸠摩罗什》《将军底头》，运用心理分析创作小说。1932年主编《现代》杂志，引进现代主义思潮。曾执教于云南大学、厦门大学、暨南大学、华东师范大学。小说作品尚有《薄暮的舞女》《蝴蝶夫人》《石秀之恋》等。另有译作多种。

臧克家（1905—2004），曾用名瑗望，笔名少全、何嘉，山东诸城人。1923年入读山东省立第一师范学校，1927年考入中央军政学校武汉分校，并参加北伐。1929年就读于山东大学，得闻一多、王统照亲自指点。抗战时期从军，进行抗日宣传。20世纪40年代一度去香港。读书时即发表新诗。代表作有《老马》《罪恶的黑手》《自己的写照》《泥土的歌》《宝贝儿》《生命的零度》《有的人》等。有诗集《烙印》《运河》《从军行》《淮上吟》《生命的秋天》，小说集《挂红》《拥抱》，散文集《磨不掉的印象》。有《臧克家选集》六卷。

赵树理（1906—1970），原名赵树礼，山西沁水人。1925年考入山西省立长治第四师范学校，1937年投身抗日，担任《黄河日报》《中国人》副刊编辑。中华人民共和国成立后先后在《工人日报》《人民文学》《说说唱唱》《曲艺》等报刊工作，"文革"期间被迫害致死，是文学流派"山药蛋派"的开创者，被称为中国现代文学的"铁笔""圣手"。有中篇小说《小二黑结婚》《李家庄的变迁》《李有才板话》，长篇小说《三里湾》《灵泉洞》，短篇小说《登记》《锻炼锻炼》《套不住的手》《传家宝》《卖烟叶》等。

张天翼（1906—1985），原名元定，号一之，笔名有张无净、铁池翰等，祖籍湖南湘乡，生于南京。1926年入北京大学预科，后辍学，做过记者、编辑等。1931年加入"左联"。中华人民共和国成立后曾主编《人民文学》，有小说《华威先生》《鬼土日记》，儿童文学《大林和小林》《宝葫芦的秘密》等。

冯铿（1907—1931），又名岭梅，女，广东潮州人。1930年加入"左联"，是"左联五烈士"之一。有作品《重新起来》。

萧军（1907—1988），本名刘鸿霖，曾用名刘吟飞、刘蔚天等，笔名尚有酡颜三郎、田军等，满族，辽宁义县人。1927年考入陆军讲武堂，1934年入关，编辑《青岛日报》副刊。1940年赴延安，编辑《文艺月报》，并在"鲁艺"任教。1946年回哈尔滨，任东北大学鲁迅艺术文学院院长，并主编《文化报》。有小说《八月的乡村》《第三代》《涓涓》等。有《萧军全集》。

傅雷（1908—1966），字怒安，号怒庵，江苏南汇（今上海市浦东新区）人。早年留学法国巴黎大学，主修文艺理论。归国后一面在上海美专教授西方美术史，一面从事文艺批评及翻译工作。一生翻译了大量法文作品，有罗曼·罗兰的《三巨人传》及《约翰·克利斯朵夫》，巴尔扎克的《高老头》《欧也妮·葛朗台》《夏倍上校》《贝姨》《邦斯舅舅》《搅水女人》《幻灭》等，此外还有伏尔泰的《老实人》《天真汉》《查第格》以及梅里美的《嘉尔曼》《高龙巴》。安徽人民出版社编有《傅雷译文集》。

周立波（1908—1979），原名绍仪，又名凤翔、摹梧，笔名立波、张一柯等，湖南益阳人。1930年加入左翼戏剧家联盟，抗战时任八路军驻西安办事处记者，解放战争时任军调处中共代表团英文翻译，后于东北参加"土改"。著有长篇小说《暴风骤雨》

《山乡巨变》《铁水奔流》。

秦瘦鸥（1908—1993），原名浩，上海嘉定人。毕业于上海商学院银行系，曾编辑《大美晚报》、《大英夜报》、香港《文汇报》等，是鸳鸯蝴蝶派的作家之一。著有长篇小说《秋海棠》《梅宝》等，有散文集《晚霞集》《海棠室闲话》，评论集《小说纵横谈》。另有译著《瀛台泣血记》《御香缥缈录》等。

陈白尘（1908—1994），原名陈增鸿，笔名墨沙、江浩等，江苏淮阴人。早年在上海求学，1930年加入左翼戏剧家联合会，并参与南国剧社的戏剧活动。有剧本《乱世男女》《结婚进行曲》《岁寒图》《升官图》等。中华人民共和国成立后创作电影剧本《宋景诗》等。

殷夫（1909—1931），原名徐柏庭，又名徐祖华，笔名殷夫、白莽，浙江象山人。1928年加入太阳社，1930年加入"左联"，是"左联五烈士"之一。有诗歌《孩儿塔》《别了，哥哥》《血字》。有《殷夫选集》《殷夫诗文集》。

艾青（1910—1996），本名蒋正涵，字养源，号海澄，笔名尚有莪伽、克阿等，浙江金华人。1928年入杭州国立西湖艺术学院学习，翌年赴法国学习绘画。1932年回国，在上海加入中国左翼美术家联盟。因从事革命活动一度被捕，后至汉口、重庆等地参加抗日救亡运动。1941年赴延安，任《诗刊》主编。中华人民共和国成立后任《人民文学》副主编等。诗歌代表作有《大堰河——我的保姆》《黎明的通知》《太阳的话》《我爱这土地》等，有诗集《大堰河》《火把》《向太阳》《欢呼集》《北方》《旷野》《宝石的红星》《黑鳗》《海岬上》《归来的歌》《雪莲》等，有

《艾青诗选》《艾青全集》。

曹禺（1910—1996），本名万家宝，字小石，祖籍湖北潜江，生于天津。早年在南开中学业余从事戏剧活动，1929年就读于南开大学政治系，后转入清华大学西洋文学系。1933年尚未毕业即创作话剧《雷雨》，轰动一时。后于南京戏剧学校任教，并随校迁往重庆。1946年赴美讲学，中华人民共和国成立后任中央戏剧学院副院长，北京人民艺术剧院院长。戏剧作品尚有《日出》《原野》《北京人》《蜕变》《胆剑篇》《王昭君》等，并将巴金的《家》改编为话剧。另有戏剧理论著作及译著多种。

钱锺书（1910—1998），原名仰先，字默存，号槐聚，笔名中书君，江苏无锡人。1929年考入清华大学外文系。1935年赴英国留学，就读于牛津大学，获B.litt学位（这是一个比博士低的学位）；1937年又赴法国巴黎大学学习一年。归国后先后在清华大学、西南联大、蓝田师范学院、暨南大学任教。有小说《围城》，学术专著《谈艺录》《管锥编》《宋诗选注》等，有诗集《槐聚诗存》。

卞之琳（1910—2000），曾用笔名季陵，祖籍江苏溧水，生于江苏海门。1929年入北京大学英文系，是徐志摩的得意门生。毕业后先后在北京大学、西南联大、南开大学任教，一度到英国访学，是新月派诗人之一。有诗集《三秋草》《鱼目集》《数行集》《十年诗草》《雕虫纪历1930—1958》等，有译著《莎士比亚悲剧论痕》《英国诗选》等。

萧红（1911—1942），本名张迺莹，另有笔名悄吟、田娣等，女，黑龙江呼兰人。1930年因逃婚出走，与萧军相爱，共同从事文学创作活动。抗日时曾于临汾抗日革命大学任教，后病逝于香港。有小说《生死场》《呼兰河传》等，有《萧红选集》。

高名凯（1911—1965），福建平潭人。早年毕业于燕京大学，后入法国巴黎大学专攻语言学，获博士学位。归国后任职于燕京大学、北京大学、语言研究所，与著名语言学家王力、吕叔湘齐名，著有《语法理论》《语言论》，并翻译罗素《哲学大纲》及巴尔扎克小说数十种。

陈梦家（1911—1966），曾用笔名陈漫哉。祖籍浙江上虞，生于南京。早年就读于中央大学及燕京大学，在燕京大学、西南联大、清华大学及美国芝加哥大学任教，曾游历英法及北欧诸国。中华人民共和国成立后从事考古工作，是新月派重要成员之一。代表诗作有《往日》《泰山与塞外的浩歌》等，有《梦家诗集》；曾遴选十八位新月派诗人的八十首诗，编为《新月诗选》，影响颇大。

季羡林（1911—2009），字希逋，又字齐奘，山东聊城临清人。早年入清华大学读西洋文学，后留学德国，主修印度学。通英文、德文、梵文、巴利文，能阅俄文、法文，尤精于吐火罗文，获哲学博士。归国后受聘于北京大学，组建东方语言文学系。在梵文、吐火罗文及佛学、比较文学、国学等方面都有建树，从梵文翻译了《沙恭达罗》《五卷书》和《罗摩衍那》等印度传世经典。著作汇编成《季羡林文集》。

杨绛（1911—2016），本名杨季康，女，祖籍江苏无锡，生于北京。1932年毕业于苏州东吴大学，1935—1938年留学英、法，后于上海震旦女子文理学院、清华大学任教。主要文学作品有早期小说《璐璐，不用愁！》《小阳春》《玉人》《"大笑话"》及后期小说《洗澡》，散文集《将饮茶》《干校六记》《走在人生边上》等，译作有《英国散文选》《小癞子》《堂吉诃德》等。

叶紫（1912—1939），原名余昭明，又名鹤林，笔名叶子、阿芷等，湖南益阳人。早年参加农民运动，1933年加入"左联"。有短篇小说集《丰收》，鲁迅为之作序，并收入"奴隶丛书"。有《叶紫文集》。

朱生豪（1912—1944），原名朱文森，学名森豪，笔名朱朱、朱生等，浙江嘉兴人，曾就读于杭州之江大学中国文学系和英语系。毕业入上海世界书局任英文编辑，参加《英汉四用辞典》的编纂工作。1936年春着手翻译《莎士比亚戏剧全集》，将莎剧分为喜剧、悲剧、史剧、杂剧四类。先后翻译莎剧三十一种。后因积劳，英年早逝。

赵萝蕤（1912—1998），浙江德清人。早年毕业于燕京大学英语系，后获得美国芝加哥大学文学硕士、哲学博士学位。中华人民共和国成立后，任北京大学教授，长期从事英美文学研究。译著有艾略特《荒原》、惠特曼《草叶集》、詹姆斯《黛茜·密勒》等，并主编《欧洲文学史》。

孙犁（1913—2002），原名孙树勋，曾用笔名芸夫，河北安平人。1933年毕业于保定育德中学，曾到北京访学自修。1939年参加抗日工作，编辑《晋察冀日报》，并于华北联合大学、延安"鲁艺"等校任教，是文学流派"荷花淀派"创始人。代表作有短篇小说《荷花淀》《芦花荡》《嘱咐》，中长篇小说《风云初记》《铁木前传》等，散文小说集《白洋淀纪事》，散文集《秀露集》《耕堂杂录》等，有《孙犁小说选》《孙犁文集》。

杨宪益（1915—2009），祖籍淮安盱眙（今属江苏淮安），早年就读于教会学校天津新学书院，后入英国牛津大学学习英国文学。1940年归国，先后在重庆中央大学等多所高校及南京国立编译馆任职。20世纪50年代到外文出版社工作。在半个多世纪中，与夫人戴乃迭将大量中国古今文学经典译为英文，包括《离骚》、六朝小说、唐传奇、元杂剧、《聊斋志异选》、全本《红楼梦》、《儒林外史》及《鲁迅选集》等。为宣传中国文化做出卓越贡献。

刘辽逸（1915—2001），原名刘长菘，安徽濉溪人。早年毕业于西北联合大学法商学院商学系，专修英文，曾任翻译、教师。1949年后，历任人民文学出版社外国文学翻译、译审。译有俄苏小说《远离莫斯科的地方》《杜布罗夫斯基》《战争与和平》《歌萨克》《哈吉穆拉特》《童年》《在人间》《我的大学》《普希金小说选》以及捷克、意大利文学作品，曾荣获第一届鲁迅文学奖优秀文学翻译彩虹奖荣誉奖。

田间（1916—1985），本名童天鉴，安徽无为人。1933年考入上海光华大学外文系，1934年加入"左联"，编辑《新诗歌》《每周诗歌》等。曾一度赴日学习，1938年到延安，任晋察冀边区战地记者，后主编边区《新群众》杂志。诗歌代表作有《戎冠秀》《赶车传》等，诗集《中国牧歌》《给战斗者》等。有《田间诗选》。

汝龙（1916—1991），江苏苏州人。早年就读于教会学校北京崇德中学，毕业后适值全国抗战爆发，流寓西南，先后在中学和大学教英文，并从事英文翻译。译作有俄国文学作品《阿托莫诺夫一家》《人间》《复活》《亚马》《总督大人》，而对《契诃夫文集》的翻译，用力最勤。他四十岁时自学俄文，又将诸多俄国作品按俄文版重新翻译。他的工作，受到巴金的肯定。

戴乃迭（1919—1999），原名 Gladys B. Tayler，婚后更名为 Gladys Yang，生于北京，父亲是英国传教士。七岁时返回英国，接受教会教育。1937年入牛津大学深造，初习法国语言文学，后转攻中国语言文学，是牛津大学首位中文学士。1940年与杨宪益成婚，自20世纪40年代起定居中国，1999年逝世于北京。一生与杨宪益从事中英文翻译，成绩辉煌，详见"杨宪益"条。

杨苡（1919—2023），女，安徽人，出生于天津。早年就读于西南联大外文系、重庆中央大学外文系。译有《呼啸山庄》《永远不会落的太阳》《俄罗斯性格》等。著有儿童诗《自己的事自己做》等。

张爱玲（1920—1995），本名张煐，女，祖父张佩纶是清末名臣，祖母李菊耦为李鸿章长女，原籍河北丰润，出生于上海，一度迁居天津。1931年就读于上海圣玛利亚女校，1939年入香港大学攻读文学。1942年回上海，从事文学创作，后移居香港、美国。有小说集《传奇》，收《沉香屑·第一炉香》《沉香屑·第二炉香》《心经》《倾城之恋》《琉璃瓦》《金锁记》《红玫瑰与白玫瑰》《色·戒》等；另有小说集《惘然记》，长篇小说《十八春》（后经修改易名《再生缘》），散文集《张看》《流言》等。剧本《未了情》《太太万岁》，学术著作《红楼梦魇》。有译作《海上花列传》（汉译英）。